PERTA SCHIER

Der himmlische Weihnachtshund

rütten & loening

PETRA
SCHIER

Der himmlische Weihnachtshund

rütten & loening

MIX
Papier aus verantwortungsvollen Quellen
FSC® C083411

ISBN 978-3-352-00849-8

Rütten & Loening ist eine Marke der Aufbau Verlag GmbH & Co. KG

1. Auflage 2012

Einbandgestaltung Mediabureau Di Stefano, Berlin
Druck und Binden CPI – Clausen & Bosse, Leck
gesetzt aus der Aldus durch Greiner & Reichel, Köln
Printed in Germany
www.aufbau-verlag.de

Prolog

»Hau Ruck!« Der kräftige kleine Elf hob die eine Seite des schweren Aktenschranks an und lugte dann um dessen Ecke. »Hey, was ist denn, Elf-Fünf? Warum fasst du nicht mit an? Allein bekomme ich dieses schwere Ding nicht vom Fleck.«

»Schon gut, schon gut«, antwortete Elf-Fünf und griff nach der anderen Schrankseite. »Ich war noch nicht soweit. Jetzt können wir loslegen, Elf-Vier.«

»Na gut, auf mein Kommando …« Mit vereinten Kräften schleppten die beiden Elfen den Schrank aus dem Büro.

Santa Claus – auch als Weihnachtsmann bekannt – saß derweil an seinem Schreibtisch und sortierte die alten Akten und Papiere, die sich bis vor kurzem noch in dem Schrank gestapelt hatten. Nachdem die beiden Elfen mit ihrer schweren Last zur Tür hinaus waren, drehte er sich um und musterte die nun leere Wand. Sie musste dringend gestrichen werden, bevor die neuen Möbel aufgestellt wurden. Auch ein neuer Fußboden würde in nächster Zeit verlegt werden. Das alte Laminat war doch schon arg abgenutzt und sah nicht mehr schön aus. Santa ließ seinen Blick über das momentane Chaos in seinem Arbeitszimmer wandern. Nachdem er in den vergangenen Jahren seine technischen Geräte auf den neuesten Stand gebracht hatte, war seine Frau auf die Idee gekommen, das Arbeitszimmer wieder einmal zu renovieren. Nötig war es, das sah der Weihnachtsmann ein. Doch irgendwie hatten sich die Arbeiten immer wieder verzögert, und nun war es schon Ende November. Die heiße Phase der Vorweihnachtszeit würde in Kürze beginnen. Ausgerechnet jetzt hatten seine Elfen mit den Umbau- und Renovierungsarbeiten begonnen, also würde er sich in nächster Zeit mit dem Durcheinander arrangieren und trotzdem mit seiner alljährlichen Arbeit der Wunscherfüllung beginnen müssen.

Seufzend wollte Santa Claus sich wieder seinem Schreibtisch zuwenden, als sein Blick auf einen zerknitterten Briefumschlag fiel, der genau an der Stelle lag, an der eben noch der Schrank gestanden hatte.

Neugierig hob Santa Claus ihn auf – er war an ihn adressiert. Stirnrunzelnd und mit einem unguten Gefühl öffnete er den Umschlag und zog ein gefaltetes Blatt Papier daraus hervor. Als er die krakelige Jungenhandschrift und einen Moment später das Datum des Briefes sah, wurden seine Augen kugelrund. Unfähig, einen klaren Gedanken zu fassen, starrte er auf den Brief, las die wenigen Zeilen wieder und wieder.

»Du lieber Himmel, so etwas. Das gibt es doch nicht! Wie konnte mir das bloß passieren?«, murmelte er vor sich hin.

»Santa, sollen wir jetzt die Kartons ...«, begann Elf-Vier, als er erneut das Büro betrat. Er brach ab, sobald er die erschrockene Miene des Weihnachtsmanns sah. »Was ist denn los, Santa? Du siehst ja aus, als hättest du einen Geist gesehen!«

Santa Claus riss sich von dem Brief los. »Oh, Elf-Vier, es ist etwas Furchtbares passiert!« Aufgeregt deutete er auf den Brief. »Das hier ist der Wunschzettel eines kleinen

Jungen. Er muss irgendwie hinter oder unter den Schrank gerutscht sein, den du und Elf-Fünf gerade hinausgetragen habt.«

Elf-Vier legte den Kopf schräg. »Na, dann war es ja gut, dass wir den Schrank weggerückt haben, sonst hätte den Wunschzettel ja vielleicht nie jemand entdeckt. Nun kannst du den Wunsch ja ganz leicht erfüllen. Bis Weihnachten ist doch noch genug Zeit.«

»Nein, Elf-Vier, du verstehst nicht.« Santa wies erregt auf das Datum des Briefes. »Dieser Wunschzettel ist schon über zwanzig Jahre alt.«

»Oh.« Darauf wusste Elf-Vier nichts zu sagen.

Santa Claus fuhr sich besorgt durch seinen dichten, weißen Rauschebart. »Er muss die ganze Zeit unbemerkt hinter dem Schrank gelegen haben. Der Wunschzettel-Radar hat ihn auch nicht erfasst, weil der nur Wünsche erkennt, die höchstens zehn Jahre zurückliegen.« Besorgt blickte er den Elfen an. »Was mache ich denn jetzt?«

Elf-Vier trat näher an den Schreibtisch heran. »Ist der Wunsch denn so groß gewesen? Vielleicht ist es ja gar nicht so schlimm, dass er nicht erfüllt wurde.«

Der Weihnachtsmann reichte ihm wortlos den Brief, und Elf-Vier las vor:

Lieber Weihnachtsmann,

ich weiß, es ist der zwanzigste Dezember, und Du hast bestimmt ganz viel zu tun. Außerdem darf niemand erfahren, daß ich an Dich schreibe, weil dann alle glauben würden, ich wäre verrückt. Meine Freunde in der Schule und im Sportverein glauben nämlich nicht an Dich. Und meine Eltern auch nicht. Nur Fiona würde das verstehen. Fiona ist meine beste Freundin. Aber das weißt Du ja bestimmt, weil Du einfach alles weißt.

Gestern hat sie mir erzählt, daß sie im Februar mit ihren Eltern wegzieht. Ganz weit weg in eine große Stadt. Ich will das nicht, weil, wenn sie weg ist, habe ich hier gar niemanden mehr, der mich versteht und mit mir lacht und für mich da ist. Meine Eltern sind dauernd nur mit der Firma beschäftigt und haben fast nie Zeit für mich. Das Kindermädchen, Liselotte, ist ganz nett, aber sie geht nächstes Jahr auch weg. Mama meint, wenn ich erst mal zehn bin, brauche ich kein Kindermädchen mehr.

Lieber Weihnachtsmann, kannst Du nicht machen, daß Fionas Eltern es sich noch mal überlegen und nicht wegziehen? Was soll ich denn hier ohne sie machen? Ich will nicht immer nur allein sein. Okay, in meiner Klasse sind ein paar Jungen, mit denen ich mich gerne treffe und so, aber einen richtig guten Kumpel hab ich nicht. Und kannst du nicht auch machen, daß Papa und Mama endlich mal wieder ein bisschen mehr Zeit für mich haben? Immerzu arbeiten sie nur oder sind auf Geschäftsreise. Ich habe sie gefragt, ob ich nicht wenigstens einen Hund haben darf, aber Mama will den Dreck nicht im Haus haben, und außerdem sagt sie, daß Hunde so unpraktisch sind, wenn man in Urlaub fahren will.

Bitte, lieber Weihnachtsmann, ich weiß nicht, wen ich sonst fragen soll. Kannst Du mir helfen? Ich verzichte auch auf die ganzen Spielsachen, die Papa und Mama mir bestimmt wieder schenken wollen. Ich hab sowieso keine Lust darauf.

Hochachtungsvoll
Michael Sahler, 9 Jahre

Elf-Vier grinste schief über den gestelzten Gruß, dann hob er den Kopf und blickte den Weihnachtsmann besorgt an. »Das klingt aber gar nicht gut.«

»Stimmt«, kam die Stimme von Santas Frau von der Tür her. Sie und Elf-Fünf waren inzwischen ebenfalls ins Büro gekommen und hatten alles mit angehört. »Das ist einer der traurigsten Wunschzettel, den ich seit langem gesehen habe.«

Sante Claus nickte. »Mir geht es genauso, mein Schatz. Ich habe ein furchtbar schlechtes Gewissen, weil ich dem Jungen damals nicht geholfen habe. Es ist mir unbegreiflich, wie der Wunschzettel hinter den Schrank geraten konnte.« Er nahm dem Elfen den Briefbogen wieder aus den Händen. »Was, wenn das Leben des Jungen deshalb trauriger verlaufen ist als nötig? Ich hätte doch bestimmt etwas für ihn tun können.« Aus einem spontanen Entschluss heraus schaltete der Weihnachtsmann seinen Computer an. »Aber das werde ich herausfinden.«

»Was hast du vor?«, wollte seine Frau überrascht wissen.

Santa Claus sah sie vielsagend an. »Ich werde den Jungen ausfindig machen und schauen, was aus ihm geworden ist.«

1.
Kapitel

»Du meine Güte, wie sieht es denn hier aus?«, fragte Anna-Maria Sahler, als sie das Haus ihres Sohnes betrat. Missbilligend blickte sie auf die Sofakissen, die über den Fußboden verstreut waren, und die diversen Kleidungsstücke, die überall herumlagen. Mit spitzen Fingern pflückte sie einen roten BH von der Rückenlehne eines der schwarzen Ledersessel, ließ ihn jedoch gleich wieder fallen.

Michael Sahler rieb sich mit beiden Händen über das noch unrasierte Gesicht. Er war gerade erst aufgestanden, als seine Mutter geklingelt hatte, und sehnte sich nach einer Dusche. Als er das Kleidungsstück erblickte, das bei ihr so besonderen Anstoß hervorgerufen hatte, runzelte er die Stirn. »Der gehört nicht mir.«

»Das hoffe ich doch«, antwortete sie spitz. Dann lächelte sie schmal. »Ich dachte, du bist fest mit Linda zusammen. Sie wäre bestimmt sehr böse mir dir, wenn du dich trotzdem noch mit einem deiner Flittchen …«

»Mama, lass das bitte«, knurrte Michael. »Und nenn sie nicht Flittchen. Eine Frau, auf die diese Bezeichnung passt, gehört ganz sicher nicht zu meinem Bekanntenkreis. Und nein, ich habe Linda auch nicht betrogen. Das Ding da«, er wies auf den BH, »und die anderen Kleider gehören Katrin und Leo. Ich habe die beiden gestern Abend von der Party mitgenommen, weil beide nicht mehr fahren konnten. Aber bis zu ihnen wollte ich sie auch nicht mehr bringen, also bot ich ihnen an, hier zu übernachten.«

»Ach. Und wo sind die beiden jetzt?«

Michael zuckte die Achseln. »Im Gästebad, schätze ich. Oder unten im Fitnessraum. Weit können sie nicht sein, denn nackt haben sie das Haus wohl ganz bestimmt nicht verlassen.«

»Aha.« Seine Mutter schien die Erklärung zu akzeptieren, auch wenn sie ihr offenbar nicht gefiel.

In diesem Moment traten zwei nur in Handtücher gehüllte Personen ein.

»Oh, guten Morgen, Frau Sahler«, sagte die junge Frau leicht verlegen und hastete sogleich umher, um ihre Kleider einzusammeln. »Entschuldigen Sie bitte unseren Aufzug. Wir haben gerade …«

»Geduscht«, ergänzte ihr männlicher Begleiter mit einem schiefen Grinsen. »Micha, ich habe gerade ein Taxi bestellt. Wir machen uns also gleich wieder vom Acker. Danke, dass du uns gestern eingesammelt hast. Ich war offenbar zu nichts mehr fähig.«

»Das kann man wohl sagen«, antwortete Michael mit einem vielsagenden Lächeln. »Anstatt eines Taxis hättet ihr beinahe den Notarzt gerufen. Da dachte ich, es wäre besser, euch hierher zu bringen, ehe ihr noch irgendein Unheil anrichtet.«

»Danke, Micha«, sagte nun auch Katrin. »Entschuldigt mich bitte, ich muss mich anziehen.« Schon war sie wieder zur Tür hinaus. Leo folgte ihr auf dem Fuße.

Anna-Maria schüttelte den Kopf. »Muss ja ein rauschendes Fest gewesen sein.« Ehe er etwas darauf erwidern konnte, fuhr sie fort: »Ich bin eigentlich nur gekommen, um dich daran zu erinnern, dass wir heute Abend mit Lindas Eltern essen. Dein Vater hat einen Tisch im Sternbach reservieren lassen – für acht Uhr.«

»Ja, Mama, ich weiß.« Ordnend fuhr sich Michael durch seine schwarzen Haare. »Ich werde pünktlich da sein.«

»Das hoffe ich«, antwortete seine Mutter. »Du weißt, wie viel Wert wir auf ein gutes Verhältnis zu ihnen legen. Wenn du und Linda erst einmal … nun ja …« Sie lächelte. »Wenn es mit euch ernst wird, will ich sicher sein, dass unsere beiden Familien sich gut verstehen.«

»Hm.« Michael nickte unbestimmt.

»Linda ist eine sehr charmante junge Dame«, sagte seine Mutter mit Nachdruck. »Und eine sehr fähige Mitarbeiterin in unserer Firma. Seit sie in der Forschungsabteilung arbeitet, konnten wir unsere Futtermittellinien in vielerlei Hinsicht optimieren.«

»Das weiß ich, Mama.«

»Sie hat dich sehr gern, Junge.«

»Ja.« Er unterdrückte ein Seufzen. »Ich mag sie auch.«

»Dann zögere nicht, dir den Fisch zu angeln, bevor ihn dir jemand vor der Nase wegschnappt.« Zum ersten Mal lächelte Anna-Maria offen. »Ihr seid so ein schönes Paar!«

»Mhm. Würdest du mich jetzt bitte allein lassen, damit ich mich anziehen kann.« Er wies auf seine Boxershorts, denn mehr trug er gerade nicht am Körper.

»Aber natürlich, Junge.« Deutlich gnädiger als bei ihrem Eintreten verließ seine Mutter das Haus wieder.

Michael warf einen Blick nach draußen. Es hatte gefroren, wie der Raureif auf den Büschen im Garten bewies, aber die Sonne schien. Vielleicht sollte er vor dem Frühstück eine Runde joggen. Zunächst musste er jedoch seine Übernachtungsgäste sicher in ihr Taxi verfrachten.

»Sieht doch gar nicht so übel aus«, befand Elf-Vier, der sich neugierig hinter Santa Claus gestellt hatte und auf den Computerbildschirm blickte. »Auch wenn du ihm seine Wünsche damals nicht erfüllt hast, scheint er es doch ziemlich gut getroffen zu haben. Schau dir nur mal das schöne große Haus an. Freunde hat er offensichtlich auch, sogar bald eine Verlobte, wenn ich das richtig mitbekommen habe. Also alles im Lot.«

»Ich weiß nicht«, widersprach Elfe-Sieben, die Assistentin des Weihnachtsmannes, mit deutlichem Zweifel in der Stimme. »Findest du, der Mann sieht glücklich aus?«

Santa Claus strich sich wieder einmal durch den Bart. »Du hast recht, die Sache will mir nicht gefallen. Der erste Eindruck von einem Menschen ist nicht immer der richtige. Ich glaube, ich stelle lieber noch weitere Nachforschungen an.« Er betätigte die Gegensprechanlage. »Elfe-Acht? Schau bitte, wo sich Elf-Zwei herumtreibt und kommt so schnell wie möglich zu mir. Ich habe einen Auftrag für euch.«

»Also wenn du mich fragst …« Linda stellte sich auf die Zehenspitzen und gab Michael einen sanften Kuss auf die Lippen. »Dann liegen meine Eltern dir zu Füßen.« Sie lächelte schelmisch. »Eine gute Idee von dir, Paps mal wieder auf sein Hobby anzusprechen. Er liebt Angeln. Ich habe zwar keine Ahnung, wie man so was Langweiliges auch nur fünf Minuten aushalten kann, aber damit hattest du ihn sprichwörtlich sofort am Haken.«

Michael lachte. »Das Thema war jedenfalls interessanter als der übliche Small Talk. Auch wenn ich zugeben muss, dass ich vom Angeln keinen blassen Schimmer habe.«

Sie standen vor Lindas Wohnungstür. Während sie aufschloss, blickte sie zu ihm auf. »Möchtest du noch mit hereinkommen? Wir könnten es uns so richtig gemütlich machen.« Ihren Worten folgte ein vielsagender Blick.

Michael lächelte ihr zu. »Ich würde wirklich gerne, Linda, aber ich muss noch mal kurz in der Firma vorbei und ein paar Unterlagen abholen, die ich morgen auf dem Meeting in Brüssel benötige.«

»Ach, wie schade.« Linda senkte enttäuscht den Kopf. »Das Meeting hatte ich völlig vergessen. Wann bist du denn wieder zurück?«

»Schon morgen Abend«, antwortete er und gab ihr einen raschen Kuss. »Ich rufe dich an. Wenn es nicht zu spät wird, holen wir den gemütlichen Abend morgen nach.«

»Okay, schön. Dann bis morgen.« Linda trat in ihre Wohnung, während Michael sich abwandte und, ohne sich noch einmal umzublicken, die Stufen ins Erdgeschoss hinabstieg.

Er gab es ungern zu, aber der Abend hatte ihn zu Tode gelangweilt. Er mochte Linda und bemühte sich wirklich, ihr und ihrer Familie entgegenzukommen. Selbstverständlich wusste er um die Hoffnung seiner Eltern, dass für ihn und Linda in absehbarer Zeit die Hochzeitsglocken läuten würden. Doch etwas hielt ihn zurück. Er redete sich ein, dass er einfach zu sehr an seinem ungebundenen Single-Dasein hing und die häufigen Partys und vielen unbedeutenden Frauenbekanntschaften einfach noch nicht gegen das wesentlich ruhigere und monogame Leben eines braven Ehemannes einzutauschen bereit war. Das ergab Sinn und war wesentlich einfacher, als sich einzugestehen, dass er Linda nicht liebte und wenig scharf darauf war, eine Zweckehe zugunsten der Firma einzugehen, wie seine Eltern sie ihm vorlebten.

Entschlossen richtete er seine Gedanken auf das morgige Meeting in Brüssel mit einigen neuen Vertriebspartnern. Gleich zwei neue Produktlinien galt es vorzustellen. Eine für Meerschweinchen und eine andere für Pferde. Es war zwar nicht das erste Mal, dass ihm diese Aufgabe zukam, doch bisher war sein Vater als Seniorchef immer ebenfalls anwesend gewesen. Morgen würde er – Michael – allein vor den Geschäftspartnern stehen. Er hatte es mit seinen einunddreißig Jahren in der Firma Sahler Futtermittel schon zum Juniorchef gebracht. Nicht nur, weil sein Vater ihn selbstverständlich auf diese Position vorbereitet hatte, sondern weil er selbst ehrgeizig genug war, all den Anforderungen, die die Leitung einer so großen Firma an ihn stellte, gerecht zu werden. Nach seinem Studium hatte er in sämtlichen Abteilungen gearbeitet, um Forschung und Entwicklung, Produktion, Vertrieb und Marketing kennenzulernen. Dabei war ihm weder etwas geschenkt noch in den Schoß geworfen worden, wie manch ein Außenstehender gerne vermutete. Georg Sahler, Michaels Vater, hielt nichts davon, jemanden ohne Fleiß und ohne das Vergießen von ordentlich viel Schweiß ans Ziel gelangen zu lassen. Er hatte die Firma aus einem kleinen Futtermittelladen nebst Hundekuchenbäckerei zu einer Zeit aufgebaut, als andere über solche Geschäftsmodelle noch nicht einen Gedanken verschwendet hatten. Heute war Sahler Futtermittel eine der führenden Produzenten von Tiernahrung aus kontrolliert angebauten Bio-Rohstoffen.

Michaels Vater wusste also, was es hieß, gewissermaßen aus dem Nichts ein Geschäft aufzubauen, und von seinem Sohn erwartete er, dass er dieses Gedankengut und Erbe durch eigene harte Arbeit würdigte.

Deshalb fuhr Michael nun, obwohl es schon nach zehn Uhr war, noch einmal in die Firma, um die Unterlagen, die seine Sekretärin für ihn vorbereitet hatte, noch heute abzuholen. Sein Zug nach Brüssel würde am folgenden Morgen schon um 5:30 Uhr abfahren, und ein paar Stunden Schlaf waren wohl sehr angebracht, um das Meeting erfolgreich zu bewältigen.

2.
Kapitel

»Soso, das ist also alles, was ihr herausgefunden habt.« Santa Claus schaltete die kurze Videosequenz ab, die Elfe-Acht und Elf-Zwei für ihn zusammengestellt hatten. Er klappte den Hefter mit Fotos zu, die Michael Sahler bei seinen Tätigkeiten der vergangenen Woche zeigte.

»Auf den ersten Blick ist er ein sehr erfolgreicher Geschäftsmann mit vielen Freunden und Bekannten. Wenn es nach seinen Eltern geht, wird er bald eine Frau heiraten, die in der Firma arbeitet. Eine gewisse Linda Kreuzbacher«, fasste Elfe-Acht die gesammelten Erkenntnisse noch einmal zusammen.

»Auf den ersten Blick, aha.« Sante Claus nickte. »Und auf den zweiten Blick?«

»Da scheint uns seine Welt ziemlich oberflächlich zu sein. Viele nette Bekanntschaften, wechselnde Frauengeschichten, häufige Partys«, zählte Elf-Zwei auf. »Irgendwie will diese Lebensweise nicht mit dem zusammenpassen, was der Wunschzettel des neunjährigen Michael ausdrückt. Er hat sich seine beste Freundin zurückgewünscht, mehr Zuwendung durch seine Eltern, solche Dinge.«

»Also ein armer reicher Junge?«, hakte der Weihnachtsmann mit gerunzelter Stirn nach. »Haltet ihr ihn für unglücklich?«

»Nein.« Elfe-Acht schüttelte entschieden den Kopf. »Aber er hat sich mit einem Leben abgefunden und arrangiert, das nicht ganz zu seinen Neigungen passt. Das muss aber nicht heißen, dass es ihm deshalb schlechtgeht. Immerhin ist er wohlhabend. Materiell hat er alles, was das Herz begehrt.«

Nachdenklich blätterte Santa Claus noch einmal durch die Fotos. »Auf mich wirkt er einsam.«

Elf-Zwei und Elfe-Acht sahen einander bedeutungsvoll an. »Bist du sicher, dass dich nicht einfach nur ein schlechtes Gewissen plagt, weil du seinen Wunschzettel verschusselt hast?«, wagte Elf-Zwei zu fragen. »Ich weiß nicht, ob es so gut ist, sich in das Leben eines erwachsenen Mannes einzumischen. Immerhin ist er erfolgreich und gut situiert. Er steht mit beiden Beinen fest auf dem Boden. Was soll es jetzt noch bringen, alte Wunden aufzureißen?«

»Das habe ich ja gar nicht vor«, erklärte der Weihnachtsmann. »Aber mein Gefühl täuscht mich selten. Etwas an Michael Sahler strahlt eine innere Unzufriedenheit aus. Versteht ihr, was ich meine?«

Die beiden Elfen nickten zögernd.

In diesem Moment kam Elfe-Sieben ins Büro geeilt und wäre beinahe über einen der Kartons gestolpert, die überall im Raum verteilt standen. »Huch!«, rief sie erschrocken. Fast wäre ihr der Computerausdruck aus der Hand gefallen, den sie mitgebracht hatte. »Santa Claus, ich habe hier etwas entdeckt. Du wolltest doch, dass ich dir zu diesem Michael einen detaillierten Lebenslauf zusammenstelle. Schau mal, was ich dabei herausgefunden habe!« Sie reichte ihm den Ausdruck.

Neugierig las der Weihnachtsmann die Informationen durch. »Aha«, brummelte er in seinen Bart. »Wusste ich es doch!«

»Was ist es denn?«, wollten die beiden Kundschafter-Elfen neugierig wissen.

Santa Claus hob den Blick von dem Papier. »Wie es scheint, hat Michael Sahler vor etwa zehn Jahren einen Detektiv beauftragt, seine Jugendfreundin Fiona ausfindig zu machen.«

»Hat er sie gefunden?«, wollte Elfe-Acht wissen.

»Ja«, antwortete Elfe-Sieben an Stelle des Weihnachtsmannes.

»Dann hat er seine alte Freundin ja schließlich doch wieder zurückbekommen!«, folgerte Elf-Zwei zufrieden.

»Siehst du, Santa, deine Sorgen waren ganz unbegründet. Ob mit oder ohne Fiona – sein Leben ist verlaufen, wie es sollte.«

»Nicht ganz«, warf Elfe-Sieben ein. »Michael hat zwar ihren Aufenthaltsort herausgefunden, aber seitdem niemals auch nur den kleinsten Versuch gemacht, mit ihr Kontakt aufzunehmen.«

»Oh.« Elfe-Acht machte große Augen. »Warum wohl nicht? Wenn er sie nach all den Jahren nicht vergessen und vielleicht so sehr vermisst hat, dass er sogar einen Detektiv beauftragt hat, sie zu finden, hätte ich erwartet, dass er auf schnellstem Wege zu ihr fährt.« Die Elfe hob die Schultern. »Oder sie zumindest mal anruft.«

»Das sollte man meinen, nicht wahr?«, stimmte Elfe-Sieben zu. »Aus irgendeinem Grund hat er es nicht getan. Aber es kommt noch besser!« Sie machte eine bedeutungsvolle Pause.

Elf-Zwei verdrehte ungeduldig die Augen. »Nun mach es doch nicht so spannend!«

Die kleine Assistentin des Weihnachtsmannes grinste schelmisch. »Fiona Maier ist seit ungefähr drei Monaten wieder zurückgekehrt. Sie lebt wieder in derselben Stadt wie Michael – als Tierärztin.«

»Wow!«, rief Elfe-Acht. »Und ich wette, er weiß nichts davon.«

»So ist es«, bestätigte Elfe-Sieben.

Santa Claus erhob sich und ging grübelnd zwischen den Kisten und Kartons auf und ab. »Da ist was im Busch. Ich wusste es!« Abrupt blieb er stehen und drehte sich zu seinen Elfen um. »Wir müssen herausfinden, was da vorgeht. Und dann helfen wir den beiden, jawohl!« Auf seinen Lippen erschien ein schalkhaftes Lächeln. »Und ich glaube, ich weiß auch schon wie.«

Brr, ist das kalt hier! Und ungemütlich. Und es riecht unangenehm. Irgendwie scheint alle Welt zu glauben, dass Hunde nicht so leicht frieren, weil wir doch ein Fell haben, das uns wärmt. Aber hallo – ich bin ein Labrador! Mein Fell ist so kurz, dass es einer langen Nacht in einer Mülltonne bei Frost nicht so wirklich standhält. Und ich verwahre mich auch entschieden dagegen, dass Hunde im Allgemeinen stinkende Abfälle lieben. Also bitte – ich sitze seit Stunden auf einem Beutel mit faulendem Gemüse und Fischgräten! Das ist ekelhaft. Solches Zeug kann man ja nicht mal mehr fressen. Dagegen war das Futter im Tierheim die reinste Delikatesse. Obwohl es nur billiges Dosenfutter gab, von dem man schon mal Durchfall bekommen kann.

Anfangs fand ich den Vorschlag, den die beiden Weihnachtselfen mir gemacht haben, ja noch ganz witzig und spannend. Sie würden mir zur Flucht aus dem überfüllten Tierheim verhelfen und mir ein schönes Zuhause vermitteln, wenn ich ihnen im Gegenzug einen kleinen Gefallen tue. So weit, so gut. Der Deal sah aber nicht vor, dass ich die ganze Nacht in einer stinkenden Mülltonne verbringen muss und mir dabei die Pfoten abfrieren. Oder vielmehr sind die beiden Elfen erst damit rausgerückt, als wir schon aus dem Tierheim raus waren.

Jetzt kann ich bloß noch hoffen, dass nicht die Müllabfuhr kommt, bevor mich dieser Michael-Mensch findet, sonst ist es vielleicht ganz schnell aus mit dem schönen Plan und wahrscheinlich auch mit meinem Leben. Schnüff. Wenn ich doch wenigstens an den Deckel der Tonne herankäme. Aber er ist zu weit oben, und wenn ich versuche zu springen, versinke ich nur noch tiefer im Unrat. Also bitte, lieber Michael-Mensch, wer auch immer du sein magst: Hol mich ganz schnell hier raus! Vielleicht sollte ich ein bisschen heulen, damit du mich auch hörst? Das kann ich gut! Ja, das werde ich tun. Viel länger halte ich es hier nämlich nicht mehr aus.

»Also wirklich, Santa. Hältst du das für eine gute Idee?« Die Frau des Weihnachtsmannes stand vor der Wand mit den unzähligen LCD-Bildschirmen, von denen erst wenige in Betrieb waren. Trotz der Renovierungsarbeiten ging natürlich die Arbeit des Weihnachtsmannes weiter, und das bedeutete, dass die wichtigsten seiner diesjährigen Wunschzettel-Fälle ständig per Videoüberwachung in sein Büro übertragen wurden. Michael Sahler hatte er natürlich auch auf einen der Bildschirme gelegt. Nun trat er zu seiner Frau und betrachtete die Mülltonne mit dem kleinen Hund darin.

»Ich weiß, es sieht ziemlich grausam aus«, gab er zu. »Aber schwierige Lagen bedürfen manchmal drastischer Mittel. Sei jedoch unbesorgt, mein Schatz. Elf-Zwei und Elfe-Acht sind ganz in der Nähe und werden dafür sorgen, dass der Kleinen nichts passiert.«

»Ihr ist kalt, das sehe ich doch von hier aus!«, protestierte seine Frau energisch. »Und Hunger hat sie ganz bestimmt auch. Hast du denn gar kein Mitleid mit dem Hund?«

»Warte doch ab!«, antwortete der Weihnachtsmann eifrig. »Gleich wirst du sehen, wie mein genialer Plan aufgeht.«

3.
Kapitel

Tief atmete Michael die eisige Luft ein. Es war noch früh am Morgen, die Straßenbeleuchtung war das einzige Licht, das ihm den Weg wies. Sein Haus lag ein bisschen außerhalb der Stadt am Waldrand, und im Sommer nutzte er die Gelegenheit, um seine Laufrunden im Wald und zwischen den Feldern der Umgebung zu absolvieren. Doch um diese Jahreszeit zog er den nicht allzu weit entfernt gelegenen Park vor. Der befand sich im Stadtgebiet und hatte den Vorteil, auch früh morgens schon zumindest teilweise beleuchtet zu sein.

In der Nacht hatte es wieder stark gefroren. Der Atem stand Michael in kleinen Wölkchen vor dem Gesicht, als er seine Runde um den Seerosenteich drehte, auf dem im Sommer die Enten schwammen und sich von den Parkbesuchern mit trockenem Brot füttern ließen.

Weil ihm die Bewegung nach den langen Verhandlungen mit seinen Brüsseler Geschäftspartnern in der vergangenen Woche guttat, hängte er noch eine zweite Runde um den kleinen See an, bevor er den Parkausgang ansteuerte und in die Rosenstraße einbog, die stadtauswärts führte. Ein seltsames Quietschen ließ ihn mitten in der Bewegung innehalten. Er joggte auf der Stelle und lauschte. Nein, das war kein Quietschen, sondern ein Jaulen.

Im ersten Moment wollte Michael achselzuckend weiterlaufen, doch irgendetwas in ihm mahnte ihn, stehenzubleiben. Einen Moment lang war alles still, doch dann erklang das herzzerreißende Jammern von neuem.

War da etwa ein Tier in Not? Suchend blickte er sich um und ging dann langsam in die Richtung, aus der das Jaulen zu kommen schien. Direkt vor einem großen Müllcontainer blieb er stehen. Als ein Winseln ihm anzeigte, dass sich der Hund – denn um einen solchen musste es sich handeln – in der Tonne zu stecken schien, ergriff ihn unvermittelt heftiger Zorn. Wer um alles in der Welt warf denn ein hilfloses Tier in eine Abfalltonne?

Rasch schob er den Deckel zurück und lugte ins Innere des Containers. Im diffusen Licht der Straßenlaterne blickten ihn zwei riesige braune Augen an. Dann erklang ein freudiges Bellen. Der Welpe – er konnte kaum älter als ein paar Monate sein – begann bei seinem Anblick am ganzen Körper zu wedeln und sprang heftig auf und ab. Eine Welle von Gestank schwappte ihm entgegen.

Michael wich instinktiv zurück, beugte sich jedoch gleich wieder vor und hielt sicherheitshalber die Luft an. Vorsichtig griff er in den Abfallbehälter und bekam das aufgeregte Bündel zu fassen. Augenblicke später hatte er das kleine sandfarbene Labradormädchen auch schon im Arm und dessen Zunge im Gesicht.

»Hey, hey, hey, ist ja schon gut!« Er lachte. »Wie bist du denn in den Container hineingeraten? Hat dich dein Herrchen etwa dort ausgesetzt? So eine Frechheit!« Er rümpfte die Nase. »Puh, was bist du für ein Stinktier! Hast du die ganze Nacht da drinnen zugebracht?«

Die kleine Hündin rekelte sich in seinem Arm und wedelte noch immer aufgeregt. Michael spürte etwas Warmes an seinem Bauch. »O nein!« Entsetzt ließ er den Welpen beinahe fallen, doch es war bereits zu spät. Auf seinem Sweatshirt hatte sich ein dunkler Fleck ausgebreitet.

Michael verzog verärgert die Lippen. »Das habe ich jetzt davon, was?« Er setzte das Tier zu Boden, das sich daraufhin auf sein Hinterteil plumpsen ließ und ihn erwartungsvoll anblickte. »Was mache ich denn jetzt mit dir?« Suchend blickte er sich um. »Am besten bringe ich dich ins Tierheim. Die wissen, was man mit Findelkindern wie dir macht.«

Der Welpe sprang auf und jaulte wieder herzzerreißend, hüpfte an ihm hoch und versuchte, seine Hand zu erreichen. Michael konnte nicht anders als zu lachen. »Der Gedanke gefällt dir wohl nicht, wie? Aber ich kann dich nicht einfach frei herumlaufen lassen. Jemand muss sich um dich kümmern.«

Als hätte die Hündin ihn verstanden, setzte sie sich bei diesen Worten wieder hin und blickte mit schräg gelegtem Kopf zu Michael auf.

»O nein, Kleine. Ich doch nicht! Wo denkst du denn hin? Ich habe dich lediglich aus der Tonne gerettet. Das bedeutet aber nicht, dass du jetzt bei mir einziehst.«

Die Hündin winselte und stupste ihn mit der Nase an. Michael seufzte, denn der traurige Hundeblick rührte ihn mehr, als ihm lieb war. »Ich schätze, du brauchst erst mal was zu fressen. Und vielleicht sollte ich dich zu einem Tierarzt bringen. Die wissen oft auch Leute, die jemanden wie dich aufnehmen würden.« Rasch warf er einen Blick auf seine Armbanduhr. Es war gerade Viertel nach sieben. Zu früh, um eine Tierarztpraxis geöffnet zu finden. Auch die Geschäfte hatten jetzt noch geschlossen. Ratlos betrachtete er den Welpen, dann kam ihm eine Idee. Er wusste, dass es unhöflich war, aber ihm war gerade eingefallen, wen er um Rat fragen konnte.

Rasch zog er sein Smartphone aus der Hosentasche und suchte die Nummer von Julia Rosenbaum, der Steuerberaterin seiner Firma, aus dem Telefonbuch heraus. Er wählte und musste nicht lange warten, bis sich am anderen Ende Julias Stimme meldete. »Rosenbaum – wer stört so früh am Morgen?« Sie lachte. »Sag nichts, Michael, ich habe deine Nummer längst erkannt. Wenn du nicht ein so guter Kunde wärest, würde ich dir jetzt sonst was an den Hals wünschen.«

»Guten Morgen, Julia«, grüßte er zurück und war erleichtert, dass sie tatsächlich schon auf war. Sie hatte ihm mal erzählt, dass sie gerne sehr früh morgens mit der Arbeit begann, um dann mehr Freizeit am Nachmittag zu haben. »Hör zu, ich habe ein Problem.«

»Wenn du glaubst, ich könnte die Kosten für deine Geburtstagsparty als Bewirtungskosten absetzen, hast du dich geschnitten.«

Michael lachte. »Nein, Julia, es geht nicht um die Firma oder meine Steuererklärung. Ihr habt doch einen Hund, oder?«

»Ja, unseren Nick. Das weißt du doch.«

»Zu welchem Tierarzt geht ihr mit ihm?«

Am anderen Ende war es einen Moment still. »Geht es dir gut, Michael?«, kam dann etwas verspätet die Gegenfrage. »Wozu brauchst du einen Tierarzt?«

»Ich war gerade joggen und habe in einer Mülltonne einen ausgesetzten Welpen gefunden«, erklärte er rasch.

»Ach du liebe Zeit!« Julia klang bestürzt. »Warum bringst du ihn nicht gleich ins Tierheim?«

»Das wollte ich ja, aber der Gedanke scheint dem kleinen Mädel gar nicht zu gefallen.«

Wieder war es einen Moment still. Dann sagte Julia mit einem erkennbaren Grinsen in der Stimme: »Sieh mal einer an. Steckt da ein kleiner Softie im großen Michael Sahler?«

Er runzelte die Stirn. »Nenn mir doch bitte einfach den Namen deines Tierarztes, ja? Mehr will ich im Augenblick gar nicht.«

»Wohl empfindlich«, war Julias amüsierter Kommentar. »Also gut. Wir waren bisher immer bei Herrn Dr. Kruse, aber der hat die Praxis vor einem Vierteljahr an eine junge Nachfolgerin abgegeben. Frau Dr. Maier ist sehr nett und eine tolle Tierärztin. Ihre Nummer ist fünf – eins – sieben – eins – fünf. Sie hat ab acht Uhr Sprechstunde und ist meistens schon früher dort. Du kannst also auch gleich zu ihr gehen. Ihre Praxis ist in der Rosenstraße zwölf.«

»Rosenstraße? Das ist gut.« Michael nickte erfreut, obwohl Julia das ja nicht sehen konnte. »Ich bin gerade in der Rosenstraße, allerdings am anderen Ende. Bist du sicher, dass ich da so einfach reinplatzen kann?«

»Klar, sie ist wirklich in Ordnung.« Julia hielt kurz inne. »Viel Glück für den kleinen Welpen. Ich hasse es, wenn Menschen so was tun.«

»Ich auch. Danke, Julia.« Er unterbrach die Verbindung und speicherte erst einmal die Nummer der Tierärztin in sein Handy, dann wählte er und wartete. Dabei trat er unruhig auf der Stelle, denn allmählich wurde ihm kalt. Der Welpe saß weiterhin brav vor ihm und blickte ihn mit großen Augen an.

»Komm schon, geh ran«, murmelte Michael, doch im gleichen Moment sprang der Anrufbeantworter an. Eine angenehme Frauenstimme verkündete, dass er außerhalb der Sprechzeiten der Tierarztpraxis Dr. Maier anrief. Michael verzog die Lippen und unterbrach die Verbindung. Den nach Abfall stinkenden kleinen Hund nahm er wieder auf den Arm und ging entschlossen los. Allzu weit war es ja nicht bis zur Praxis. Er hoffte bloß, dass die nette Frau Dr. Maier tatsächlich schon früher dort auftauchen würde.

Das ist also der Michael-Mensch. Sieht ja richtig nett aus. Und er riecht gut. Aber nach der fiesen Mülltonne gilt das wohl für alles und jeden. Ich dachte schon, mir bleibt das Herz stehen, als er sagte, er wolle mich ins Tierheim zurückbringen. Ich bin doch froh, gerade von dort geflohen zu sein! Zum Glück konnte ich ihn überreden, es sich anders zu überlegen. Obwohl er was von einem Tierarzt gesagt hat, und das gefällt mir fast noch weniger. Tierärzte gucken einem überall rein und drücken an einem herum und dann stechen sie einen mit langen Nadeln. Das hab ich alles schon hinter mir, halte aber gar nichts davon.

Na ja, die Elfen haben gesagt, dass ich auf jeden Fall bei diesem Michael-Mensch bleiben soll. Also werde ich das auch tun. Er hat was von Essen gesagt. Das wäre mal eine geeignete Maßnahme. Ich hab nämlich riesigen Hunger.

Hach, von so einem netten Menschen getragen zu werden, hat schon was. Er ist warm und kuschelig. Na ja, zumindest sein Pulli und dort, wo ich nicht versehentlich einen Fleck gemacht habe. Unter dem Pulli fühlt er sich ziemlich hart an. So wie die großen, kräftigen Kampfhunde im Tierheim, die nur aus Muskeln zu bestehen scheinen. Ich wusste gar nicht, dass es das auch bei Menschen gibt. Aber er ist auf jeden Fall freundlicher als ein Kampfhund, das steht fest. Hoffentlich darf ich bei ihm bleiben. Ich glaube, das würde mir gefallen.

4.
Kapitel

Ein wenig außer Atem schloss Fiona Maier die Tür zu ihrer Praxis auf und schälte sich aus ihrem Mantel. Es war bitterkalt an diesem Morgen und den Weg zur einzigen Bäckerei, die so früh schon geöffnet war, hatte sie im Laufschritt zurückgelegt. Die Tüte mit den Brötchen und Croissants, die sie jeden Tag für sich und ihre Sprechstundenhilfe besorgte, legte sie auf dem Anmeldetresen ab. Dabei fiel ihr Blick auf die blinkende Anzeige ihres Anrufbeantworters. Das Display zeigte an, das der Anrufer gerade eben erst versucht haben musste, sie zu erreichen.

Stirnrunzelnd drückte sie auf die Wiedergabetaste. Hoffentlich nicht gleich ein Notfall so früh am Morgen! Doch wer auch immer versucht hatte, sie zu erreichen, er hatte einfach wieder aufgelegt. Die Handynummer kam ihr nicht bekannt vor, also dachte sie nicht weiter darüber nach. Erneut griff sie nach der Brötchentüte und trug sie nach hinten in die kleine Küche.

Während sie Kaffee aufsetzte, ging sie in Gedanken die Termine des Tages durch und machte sich eine imaginäre Notiz, endlich den Brief an die Firma Sahler Futtermittel abzuschicken. Sie wusste selbst nicht, warum sie noch immer zögerte. Mehr als ablehnen konnten sie ihr Anliegen ja nicht. Wenn sie ehrlich zu sich war – und das vermied sie in diesem speziellen Fall zumeist –, dann musste sie sich eingestehen, dass es außer ihrer Angst vor einer Absage noch einen anderen Grund gab, weshalb sie die Kontaktaufnahme immer wieder hinausschob. Es war derselbe Grund, der sie erst hatte zögern lassen, das Angebot anzunehmen, diese Praxis in der Stadt ihrer Kindheit zu führen. Es war kindisch, das sagte sie sich, sooft der Gedanke doch an die Oberfläche ihres Bewusstseins gespült wurde. Leider war das weder Trost noch Motivation für sie. Sie hatte ein schlechtes Gewissen, und ganz gleich, wie sehr sie sich auch einredete, dass dazu keinerlei Grund bestand, ließ es sich doch nicht einfach ablegen.

Um sich von den wenig nützlichen Gedanken abzulenken, leerte sie die Brötchen und Hörnchen in einen kleinen Brotkorb und stellte ihn auf die Anrichte. Wenn Inge nachher kam, würde sie sich wie immer zuerst davon bedienen, bevor sie sich an die täglichen Arbeiten machte. Fiona wollte gerade eines der Vollkornbrötchen aufschneiden und mit Butter bestreichen, als sie hörte, wie die Eingangstür geöffnet wurde. Sie fluchte stumm, weil sie wieder einmal vergessen hatte, sie abzuschließen. Ein Blick auf die Uhr sagte ihr, dass es erst zwanzig vor acht war.

»Hallo? Ist jemand da?« Hörte sie eine angenehm dunkle Männerstimme rufen. Dann etwas leiser: »Schon gut, schon gut, du brauchst keine Angst zu haben, Kleine. Dir passiert schon nichts. Julia hat gesagt, dass die Frau Doktor eine ganz Nette ist.«

Fionas Mundwinkel zuckten belustigt. Rasch legte sie Brötchen und Messer beiseite, klopfte sich die Krümel von den Händen und eilte nach vorne. »Guten Morgen. Entschuldigen Sie bitte, aber eigentlich hat die Sprechstunde noch nicht be…« Sie stockte, als sie sah, wer der frühe Besucher war. Wenn sie ihm auch seit mehr als zwanzig Jahren nicht mehr gegenübergestanden hatte, erkannte sie ihn dennoch auf den ersten Blick. Nicht zuletzt, weil er durch diverse Werbespots, Plakate sowie öffentliche Auftritte von sich Reden gemacht hatte. Ihr Herz machte einen unangenehmen Satz und holperte danach unregelmäßig. Sie schluckte und riss sich zusammen. »Hallo, Michael.« Da ihre Stimme ein wenig kratzig klang, räusperte sie sich und konzentrierte sich dann auf den kleinen Hund, den er im Arm hielt. »Wen hast du denn da mitgebracht?«

»Entschuldigen Sie, kennen wir uns?« Irritiert musterte

er sie von Kopf bis Fuß. Offenbar hatte er sich nicht die Mühe gemacht, das Namensschild neben ihrer Tür zu lesen. Er schien angestrengt zu versuchen, ihr Gesicht einzuordnen. Sie konnte den Moment geradezu spüren, in dem die Erkenntnis ihn durchfuhr. »Fiona?« Ungläubig starrte er sie an. »Bist du es wirklich?«

»Live und in Farbe«, bestätigte sie spröder als beabsichtigt und strich sich mit der linken Hand ihr kinnlanges brünettes Haar hinters Ohr. Dann fiel ihr Blick erneut auf das inzwischen zappelnde Bündel auf seinem Arm. »Liebe Zeit, lass sie doch runter. Sie kann doch selbst laufen. Oder ist sie verletzt?«

Sichtlich verdutzt über ihren kühlen Ton ließ er den jungen Labrador tatsächlich zu Boden. »Nein, sie ist nicht verletzt. Zumindest hoffe ich das. Ich habe sie eben gefunden – in einer Mülltonne.«

»Was?« Entsetzt ging Fiona in die Hocke. Sofort tapste die kleine Hündin auf sie zu, beschnupperte sie und leckte ihr über die ausgestreckte Hand. »In was für einer Mülltonne? Wo? Das muss ich sofort melden!«

»Oben auf der Rosenstraße hundertdreißig«, antwortete Michael. Sein Blick wanderte noch immer verwundert über ihr Gesicht. »Ich kann mir aber nicht vorstellen, dass jemand von dort den Hund ausgesetzt hat. Das ist ein Altenheim.«

»Schon möglich, aber trotzdem muss ich … Hey!« Lachend wehrte Fiona die Hündin ab, die versuchte, an ihr hochzuklettern. Schnell richtete sie sich wieder auf. »Es ist gut, dass du sie hergebracht hast. Ich kümmere mich um sie und werde sie dann später vom Tierheim abholen lassen.«

Kaum hatte sie diese Worte ausgesprochen, als der kleine Hund jämmerlich zu wimmern und zu jaulen begann und wie der Blitz unter einen der Stühle im Wartebereich floh.

»Nanu?« Verblüfft hob sie die Brauen. »Was sollte das denn?«

Michael zuckte die Schultern. »Als ich das Wort Tierheim vorhin zu ihr gesagt habe, ist sie auch fast ausgeflippt. Beinahe so, als verstünde sie, was damit gemeint ist. Das scheint ihr nicht zu gefallen.«

Skeptisch sah Fiona ihn an. Dabei fielen ihr der feuchte Fleck und die schmutzigen Pfotenabdrücke auf seinem Sweatshirt auf, und sie musste an sich halten, um das Grinsen zu unterdrücken, das sich ihr auf die Lippen stehlen wollte.

Er folgte ihrem Blick und räusperte sich verlegen. »Wie gesagt, sie steckte in dem Container.«

»Und sie hat dich angepieselt.«

Vor Freude, Leute, nur vor Freude, endlich aus dem stinkenden Loch herauszukommen! Tut mir leid, so was passiert mir sonst nicht. Vielleicht sollte ich unter dem Stuhl vorkommen und mich noch mal entschuldigen. Seht ihr, hier bin ich. Und ich bin auch ganz brav und stubenrein. Na ja, fast. Und hier riecht es irgendwie gut nach Brötchen. Gibt es was zu fressen? Ich habe solch einen Hunger!

»Sieh dir das an. Sie bettelt um deine Aufmerksamkeit.« Fiona blickte halb entzückt, halb gereizt auf die Hündin hinab. »Aber das scheint ja symptomatisch zu sein. Sie ist schließlich weiblich.«

»Wie bitte?« Irritiert blickte Michael sie an. »Was soll das denn heißen?«

»Ach, komm schon!« Fiona funkelte ihn an, und diesmal siegte der Ärger. »Tu nicht so, als wüsstest du nicht, dass dir die Frauen zu Füßen liegen. Man kann es oft genug in den Klatschblättern lesen. Der Erbe des Sahler-Imperiums und sein Harem.«

Michaels Miene verfinsterte sich. »Also, Imperium ist wohl ein wenig übertrieben, findest du nicht? Und einen Harem besitze ich auch nicht.«

»Nein, zumindest bisher hast du die Damen nicht gleichzeitig bespaßt, sondern nacheinander verschlissen«, gab sie widerwillig zu. »Aber«, fuhr sie fort, bevor er etwas erwidern konnte, »das geht mich nichts an und interessiert mich auch nicht. Wichtig ist, dass wir etwas für die Kleine hier tun. Komm mal her, Süße.« Sie hob nun ihrerseits den Welpen hoch und trug ihn ohne ein weiteres Wort hinüber in eines der Behandlungszimmer. Dort setzte sie das Tier auf den Untersuchungstisch und ließ diesen langsam hochfahren, bis er sich für sie auf Arbeitshöhe befand. Michael war ihr gefolgt. Sie winkte ihn näher. »Halt sie mal fest, damit sie nicht runterfällt, während ich sie untersuche.«

Routiniert tastete Fiona die kleine Labradordame ab, schaute ihr in die Ohren und in die Schnauze, maß die Temperatur. Zufrieden tätschelte sie ihr danach den Kopf. »Du scheinst ja ganz gesund zu sein. Aber du hast natürlich weder Halsband noch Hundemarke und erst recht keinen Impfpass. Sicherheitshalber werde ich also wohl alle nötigen Impfungen durchführen und einen Pass für dich anlegen. Gechipt bist du auch nicht, aber das hätte mich auch gewundert. Ich verstehe einfach nicht, wie man ein lebendiges Wesen einfach in eine Mülltonne stecken kann.«

Während sie sprach, bereitete sie die Impfdosis vor.

O nein, das ist nicht euer Ernst, oder? Nicht stechen, bitte! Hey, du, Michael, bitte rette mich vor der gemeinen Spritze! Ich tue auch alles für dich. Komm schon, das ist nicht lustig! Bitte nicht! Aua!

»Ach herrje, ein kleiner Angsthase«, sagte Fiona und konnte sich eines Lächelns nicht erwehren, als sie sah, wie sich die Labradorhündin beim Anblick der Spritze heftig an Michael drängte und ihren Kopf in seiner Armbeuge versteckte. Als sie die Spritze setzte, fiepte die Kleine leise. »Schon vorbei, Süße. Siehst du. Schau mal, ich habe ein Leckerchen für dich.« Fiona griff in die Schale mit den selbstgebackenen Hundekeksen und hielt der Hündin einen vor die Nase. Er verschwand mit einem Happs in der Schnauze. »Du hast wohl Hunger, was? Möchtest du noch einen?« Sie bot der Kleinen noch einen weiteren Keks an, der ebenso rasch verschlungen war.

Hey, die sind lecker. Bitte mehr davon! Mein Magen knurrt schon. Und Durst habe ich auch. Hallo, nicht weggehen! Da in der Schale sind noch ganz viele Leckerchen, das sehe ich genau. Lass mal noch welche rüberwachsen!

»Sie ist bestimmt ausgehungert«, stellte Fiona fest und hob den Welpen vom Tisch herunter. »Ich habe hinten im Lagerraum etwas Hundefutter für alle Fälle. Normalerweise brauche ich ja nur das medizinische und Diätfutter, das einige meiner Patienten bekommen, aber zur Sicherheit habe ich immer auch normales Futter da. Man weiß nie, in welchem Zustand die Tiere hier eintreffen. Ich habe da schon Sachen erlebt …« Sie brach ab und eilte hinüber in ihre kleine Vorratskammer. Solange sie in Bewegung blieb und sich beschäftigte, musste sie sich nicht mit der Verwirrung auseinandersetzen, die Michaels Anwesenheit in ihr auslöste. Genau vor dieser Situation hatte sie sich gefürchtet, deshalb hatte sie den Brief an seine Firma noch immer in ihrer Schreibtischschublade liegen. Sie wusste einfach nicht, wie sie sich ihm gegenüber verhalten sollte. Zwanzig Jahre waren eine lange Zeit. Eigentlich müsste sie sich freuen, ihren guten Freund aus Kindertagen wiederzusehen. Wenn – ja, wenn da nicht dieses furchtbar schlechte Gewissen wäre. Außerdem sah er – trotz seines momentan nicht ganz salonfähigen Aufzugs – genauso aus wie in den

Zeitschriften, in denen sie über die Jahre hinweg seine Eskapaden verfolgt hatte. Nein, er sah sogar noch besser aus mit seinen rabenschwarzen Haaren, die ihm in Wellen bis zum Kragen reichten, und den strahlend blauen Augen. Die Schatten um sein Kinn verrieten, dass er sich heute noch nicht rasiert hatte. Vermutlich hatte er das erst nach seiner Joggingrunde vorgehabt.

Energisch lenkte Fiona ihre Gedanken wieder auf das Hundefutter. Sie griff nach einem der Beutel und trug ihn hinüber in die Teeküche. Der kleine Hund folgte ihr freudig wedelnd. Michael war im Gang stehengeblieben und beobachtete jede ihrer Bewegungen schweigend.

Sie füllte eine kleine Blechschale mit dem Futter und eine weitere mit Wasser und stellte beides vor der Hündin auf den Boden. Die Kleine stürzte sich darauf, als sei sie kurz vor dem Verhungern.

»Sahler-Welpenfutter?« Er lächelte leicht.

Sie zuckte zusammen und drehte sich zu ihm um. »Ja, natürlich. Euer Tierfutter ist das beste, das es derzeit am Markt gibt. Ich empfehle es jedem Tierhalter, der in meine Praxis kommt. Es ist nicht ganz billig, aber was die Inhaltsstoffe angeht, kann es kein anderes Futter mit eurem aufnehmen.« Sie errötete leicht. »Aber das weißt du selbst. Ist schließlich deine Firma.«

»Ich freue mich, dass du als Tierärztin unsere Produkte weiterempfiehlst«, sagte er; sein Lächeln vertiefte sich. »Du hast deinen Traum also wahrgemacht.«

»Traum?« Verblüfft sah sie zu ihm auf. Er war einen Schritt auf sie zugekommen und stand nun so dicht vor ihr, dass sie die winzigen grauen Einsprengsel in seiner Iris erkennen konnte.

»Ja, du wolltest doch schon damals immer unbedingt Tierärztin werden. Ich finde es toll, dass du daran festgehalten hast.« Er machte eine ausholende Bewegung mit der rechten Hand. »Sieh dir das an. Eine große Praxis. Und bestimmt unzählige zufriedene Patienten.«

Sie schluckte und wich einen Schritt zurück, tat so, als müsse sie sich unbedingt die Hände waschen. »Die Arbeit macht mir viel Freude«, antwortete sie nach einem Augenblick. »Und du hast die Firma inzwischen von deinem Vater übernommen?«

»Noch nicht ganz.« Er ging zur Anrichte und lehnte sich lässig dagegen. »Mein alter Herr wird sich ganz sicher noch eine Weile nicht zur Ruhe setzen. Aber das ist auch gut so. Ohne seine langjährige Erfahrung wäre ich aufgeschmissen. Aber er hat mir inzwischen große Bereiche der Leitung übertragen.«

»Das ist schön.« Sie heftete ihren Blick auf den Hund, der noch immer gierig das Futter kaute. »Du musst nicht hierbleiben, Michael. Ich kümmere mich schon um die Kleine. Gleich rufe ich erst mal im Tierheim an. Dort wird man sicher einen Platz für sie haben. Und so einen hübschen jungen Hund können sie bestimmt ganz rasch vermitteln.«

Ich höre wohl nicht recht! Ich will nicht ins Tierheim! Die Elfen haben mich gerade erst da rausgeholt! O bitte, kann ich nicht hier bleiben? Oder noch besser bei Michael. Er riecht so gut und ist groß und stark, und ich mag ihn einfach! Außerdem habe ich vom Weihnachtsmann einen Auftrag erhalten, und der ist Ehrensache.

»Sieh dir das an.« Michael blickte verblüfft auf die Hündin hinab, die bei dem Wort Tierheim sofort zu fressen aufgehört hatte. Mit einem Satz war sie bei ihm und klemmte sich zitternd und fiepend zwischen seine Beine und die Anrichte. »Als hätte sie jedes Wort verstanden.« Er ging in die Hocke und strich der Kleinen sanft übers Fell. »Du willst wohl nicht ins Tierheim, wie?«

Sogleich drückte sie ihren Kopf gegen seinen Arm und fiepte erneut. Dann hob sie den Kopf und sah ihn mit steinerweichendem Hundeblick an.

Fiona konnte ein Lächeln nicht unterdrücken. »Sie scheint sich in dich verliebt zu haben.«

»In mich?« Seine Frage klang derart aufrichtig überrascht, dass Fiona laut lachen musste.

»Ich sage nicht, dass sie damit guten Geschmack beweist.«

»Ach nein?«

»Nein, denn wenn man deine bisherigen Geschichten mit dem weiblichen Geschlecht bedenkt, sollte man ihr unbedingt nahelegen, schnell das Weite zu suchen. Andererseits ist sie ja ein Hund, und die suchen sich die Menschen, die sie mögen, wohl nach anderen Kriterien aus als wir Zweibeiner. Du kannst aber wirklich jetzt gehen. Kosten entstehen dir keine. In einem solchen Fall übernimmt das …« Sie brach ab, da er unvermittelt ihre Hand genommen und sie zu sich herangezogen hatte.

Einen Moment lang sahen sie einander schweigend an, dann lächelte er wieder. »Fiona, ich freue mich, dass wir uns nach der langen Zeit wiedergefunden haben.«

»Wiedergefunden?« Ihre Stimme klang gefährlich kratzig. »Das würde implizieren, dass wir einander gesucht haben.« Sie schluckte unbehaglich. »Was nicht der Fall ist.«

»Vielleicht nicht«, gab er nach einem Moment zu. »Meinetwegen nenn es auch Zufall. Aber wir waren einmal beste Freunde, oder etwa nicht?«

»Ja, natürlich. Das waren wir«, gab sie zu.

»Siehst du, und für mich hat sich daran seither nichts geändert. Auch wenn wir jetzt erwachsen sind und nicht mehr auf Bäume klettern oder im Seerosenteich nach Froschlaich suchen.«

Um ihre Mundwinkel zuckte es wieder. Er hatte sie schon immer zum Lachen bringen können.

Seine Augen funkelten amüsiert. »Ich wusste es, der Froschlaich hatte es dir angetan, nicht wahr?« Mit einem Lachen legte er seine Arme um sie und zog sie fest an sich. »Komm her, nach so langer Zeit ist eine Umarmung mehr als angebracht!«

Sie sträubte sich ein wenig, erwiderte die Umarmung dann aber doch. Dabei wurde sie sich bewusst, dass er kaum noch etwas mit dem kleinen Jungen gemein hatte, mit dem sie in der Grundschule einen Tisch geteilt hatte. Sein Brustkorb fühlte sich hart an, als wäre er ein Ausdauersportler. Sein herber männlicher Geruch stieg ihr in die Nase – und noch etwas. Sie trat einen Schritt zurück. »Du müffelst nach Mülltonne.«

Noch immer lagen seine Arme auf den ihren, so als wolle er den Kontakt noch nicht unterbrechen. Dann ließ er sie aber doch los und grinste schief. »Entschuldige, daran habe ich gar nicht mehr gedacht. Ich schätze, es ist besser, wenn ich nach Hause gehe und mich umziehe. Du kümmerst dich also um …« Er blickte zum Napf, doch die kleine Hündin war verschwunden. »Oh oh.«

»Was ist?« Fiona blickte sich suchend um. »Wo ist sie denn hin?« Ein Klappern ließ sie alarmiert den Kopf heben. »O je, sie ist im Behandlungszimmer!« So schnell sie konnte, rannte Fiona in den Untersuchungsraum. Als sie die Bescherung sah, blieb sie wie angewurzelt stehen. Dann lachte sie herzlich.

»Was ist denn?« Michael tauchte hinter ihr auf und prallte gegen sie.

»Sie ist auf den Stuhl gesprungen und hat die Schüssel mit den Hundekeksen vom Tisch gefegt.« Fiona gluckste und hob die Schüssel rasch auf. »Böser Hund!«, schimpfte sie, aber sie wusste selbst, dass es mehr als halbherzig klang. Die Labradorhündin hatte die Kekse bis auf einen alle verputzt. Den letzten hielt sie in der Schnauze und tapste damit zu Michael. Mit einem Winseln legte sie ihm den angesabberten Keks zu Füßen.

»Na, wenn das mal kein Liebesbeweis ist.« Fiona schüttelte belustigt den Kopf. In diesem Moment hörte sie die Eingangstür. »Da kommt Inge, meine Sprechstundenhilfe.«

Augenblicke später stand eine adrette Mittvierzigerin in der Tür des Behandlungsraumes. Ihr blondes Haar war zu einer schicken Kurzhaarfrisur geschnitten, und ihre Wangen glühten rot. »Guten Morgen, Fiona. Ich wusste nicht, dass wir schon … Oh, Herr Sahler! Das ist ja …« Ihr Blick fiel auf den Hund. »Ach, wie süß. Ist das Ihrer?«

»Nein«, antwortete Michael rasch. Dann räusperte er sich. »Das heißt …«

Überrascht blickte Fiona ihn an.

Er hob die Schultern.

Ihre Augen wurden groß. »Willst du sie etwa behalten? Kennst du dich mit Hunden überhaupt aus?«

»Keine Spur.« Wieder ging er in die Hocke. Die Hündin drückte sich vertrauensvoll an ihn, leckte ihm übers Gesicht und versuchte dann, an ihm hochzuklettern. »Sie mag mich.«

»Das ist unübersehbar«, stimmte Inge entzückt zu. »Aber wem gehört sie denn, wenn nicht Ihnen?«

»Sie wurde ausgesetzt«, erklärte er. »Ich habe sie vorhin beim Joggen in einer Mülltonne vor dem Altenheim gefunden.«

»So eine Frechheit. Ein so liebes Tierchen!« Inge war die Empörung deutlich anzusehen. »Solche Menschen sollte man am besten …« Sie ließ den Satz unvollendet, aber es war nur zu klar, was sie meinte.

Fiona zögerte. »Ich muss den Vorfall auf jeden Fall melden. Und dann müssen wir herausfinden, ob die Kleine jemandem gehört. Mit einer Bildanzeige in der Zeitung und vielleicht auch Plakaten. Kann ja sein, dass sie gestohlen wurde oder einfach nur abgehauen ist.«

»Und wie kommt sie dann in einen Müllcontainer?«, fragte Michael skeptisch.

Fiona hob die Schultern. »Ich sage ja nur, dass wir alle Eventualitäten berücksichtigen müssen. Gesund ist sie ja, und gepflegt sieht sie auch aus.«

»Wie alt ist sie?«, wollte er wissen.

»Etwa vier, höchstens fünf Monate, schätze ich.«

»Ich könnte sie für den Übergang zu mir nach Hause mitnehmen«, schlug er vor. »Ins Tierheim will sie ja offenbar nicht, wenn ich ihr Gebaren richtig deute.«

»Aber du musst arbeiten und hast sicher keine Zeit für einen jungen Hund«, wandte Fiona ein.

Er schüttelte den Kopf. »Lass das mal meine Sorge sein. Da findet sich schon eine Lösung.«

5.
Kapitel

Die Lösung bestand zunächst darin, dass Michael seine ersten Termine für den Vormittag von seiner Sekretärin verschieben ließ. Dann rief er im Lager der Firma an und bat den zuständigen Mitarbeiter, ihm einen Sack Welpenfutter und eine Auswahl an Hundekuchen und Kauknochen zu schicken.

Nachdem er geduscht und umgezogen war, bastelte er für die kleine Hündin aus einem Gymnastikseil, das Linda in seinem Fitnessraum deponiert hatte, eine provisorische Leine. Dann fuhr er mit seiner neuen Mitbewohnerin in die Stadt, um in der Zoohandlung eine Erstausstattung für Hunde zu erstehen.

Zwei Stunden später kehrte er mit einem randvollen Kofferraum nach Hause zurück. Die Verkäuferin war entzückt gewesen, wohl, weil sie so früh am Tag nicht mit einem derart hohen Umsatz gerechnet hatte. Zwei große Hundekissen, mehrere Futter- und Wassernäpfe, Halsband, Leine, Spielzeug und noch einige weitere Utensilien waren in sein Eigentum übergegangen. Insgeheim lachte Michael über sich. Obwohl diese Veränderung alles andere als geplant gewesen war, hatte ihm das Einkaufen einen Heidenspaß gemacht. Jetzt galt es nur noch, einen Weg zu finden, der kleinen Hündin einen Platz in seinem Leben einzuräumen. Auch einen Namen musste er wohl für sie finden.

»Wie soll ich dich denn nennen?«, fragte er, während er einen der Sessel in seinem geräumigen Wohnzimmer zur Seite schob, um eines der Kissen dort zu platzieren.

Die Hündin saß in einiger Entfernung von ihm und beobachtete aufmerksam jede seiner Bewegungen. Als das Kissen an seinem Bestimmungsort lag, ging sie hin, schnüffelte daran und legte sich gleich darauf.

Michael lachte. »Na, du bist ja eine ganz Kluge, was?« Er kniete sich neben sie und ließ zu, dass sie ihm die Hände leckte und wieder einmal versuchte, an ihm hochzuklettern. »Hoffentlich magst du das zweite Kissen auch, das kommt nämlich nach oben ins Schlafzimmer.« Er rieb sich übers Kinn. »Wenn ich es recht bedenke, hätte ich gleich drei Kissen kaufen sollen. Denn irgendwo musst du ja auch im Büro liegen können, nicht wahr?«

Die Hündin stupste ihn an und ließ sich auf ihr Hinterteil plumpsen.

»Was?« Er musterte sie fragend. »Möchtest du spielen?« Als sie freudig wedelte, griff er nach einem bunten, mehrfach geknoteten Seil, das laut Angaben der Verkäuferin der Hit unter den Hundespielzeugen sein sollte.

Dass sie damit recht hatte, war sehr schnell klar. Der kleine Hund stürzte sich darauf und zog daran, animierte ihn durch leises Knurren und Wedeln, ebenfalls zu ziehen. Sie spielten eine Weile Tauziehen, das dann in ein wildes Umherkugeln überging, bis die Hündin irgendwann müde wurde und sich auf seinem Schoß zusammenrollte.

Michael, der lange nicht mehr so viel Spaß gehabt hatte, rückte ein wenig hin und her, bis er auf dem Hundekissen eine bequeme Position gefunden hatte, und lehnte sich gegen den Sessel in seinem Rücken. Still blickte er auf den Welpen hinab, der sogleich eingeschlafen war. Er streichelte sanft über das weiche Fell zwischen den Ohren des Hundes, die daraufhin leicht zuckten. Was hatte er sich nur dabei gedacht, das Tier so spontan zu adoptieren? Denn dass sie bei ihm bleiben würde, daran bestand für ihn kein Zweifel. Wer auch immer sie in der Mülltonne ausgesetzt hatte, würde sie gewiss nicht zurückhaben wollen.

Er war zwar bekannt für seine impulsiven Entscheidungen, zumindest, was sein Privatleben anging, aber wiederum weniger dafür, dass er gerne dauerhafte Bindungen einging oder gar Verantwortung übernahm. Ungebunden war das Leben einfacher. Deshalb scheute er sich ja auch so vor einer offiziellen Verlobung mit Linda. Damit würde er ein Zugeständnis machen, zu dem er noch nicht bereit war.

Seine Gedanken wanderten weiter zu Fiona, oder vielmehr erlaubte er seinen Gedanken, die seit ihrer Begegnung ständig unterschwellig um sie gekreist waren, nun tatsächlich an die Oberfläche zu steigen. Den Schock, sie nach so langer Zeit wiederzusehen, hatte er erst einmal verdauen müssen. Sie hatte sich verändert. Nicht so sehr äußerlich, obwohl sie natürlich erwachsen geworden war – und ausgesprochen attraktiv noch dazu. Vielmehr war es ihre zurückhaltende und leicht missbilligende Art, die ihm fremd vorkam. Zwanzig Jahre waren natürlich eine lange Zeit, doch die Fiona, an die er sich erinnerte, hatte keinen Sarkasmus ihm gegenüber gekannt und war stets offen und zu allen Schandtaten bereit gewesen. Aus ihren Kommentaren über seine Frauengeschichten schloss er, dass sie seinen Lebensstil nicht guthieß. Allerdings zeigten sie auch, dass sie seinen Werdegang durchaus verfolgt haben musste. Denn so häufig, wie sie tat, tauchte er in den Klatschblättern auch wieder nicht auf.

Als Kind hatte sie mit ihren Eltern häufig für längere Zeit im Ausland gelebt. Das war wohl auch der Grund gewesen, weshalb der Kontakt zu ihr etwa ein Jahr nach ihrem Fortgang aus der Stadt abgebrochen war. Ein wenig wunderte Michael sich, dass sie zwar Interesse an seinem Leben zu haben schien, sich jedoch nie mehr bei ihm gemeldet hatte. Und heute Morgen hatte sie regelrecht die Stacheln aufgestellt, als sie einander gegenübergestanden hatten.

Seine Gedanken wanderten weiter, und er staunte im Nachhinein noch, wie gut es sich angefühlt hatte, sie in seinen Armen zu halten. Sie hatte mit der Umarmung nicht gerechnet, dennoch hatte sie sie schließlich erwidert.

Es hatte etwas Tröstliches an sich, die alte Freundin wiedergefunden zu haben. Ganz zu schweigen davon, dass es immer angenehm war, eine schöne Frau im Arm zu halten. Zumindest, wenn sie einem so viel bedeutete – oder bedeutet hatte – wie Fiona.

Michael schnaubte und schüttelte den Kopf über sich. Wem machte er eigentlich etwas vor? Er war interessiert – und zwar nicht allein, weil ihn eine Sandkastenfreundschaft mit Fiona verband. Sie hatte ihn vom ersten Moment an angezogen. Allerdings war es wohl nicht angebracht, ihr dies auf die Nase zu binden. Sie hatte nur allzu deutlich gemacht, was sie von seinen wechselnden Flirts hielt. Hatte er sich wirklich schon zu einem notorischen Playboy entwickelt? Aus einem unerfindlichen Grund schmeckte ihm dieser Gedanke plötzlich ganz und gar nicht.

Die Hündin auf seinem Schoß schnaufte leise, schien aber tief und fest zu schlafen. Er überlegte schon, ob er sie vorsichtig auf das Kissen betten sollte, als er hörte, wie die Haustür geöffnet wurde. Wenig später erschien Linda in der Wohnzimmertür, wie immer in ein schickes Kostüm gekleidet. Als sie ihn am Boden sitzen sah, stieß sie einen verblüfften Laut aus.

»Was ist das denn?«

Der kleine Hund schrak hoch und schoss mit einem wilden Bellen auf Linda zu, die erschrocken zurückwich.

Wer ist das? Wer ist das? O je, ich hab geschlafen und nicht gehört, dass jemand reinkommt! So was geht ja gar nicht. Los, sag schon, wer du bist und was du hier willst. Iiih, du riechst aber komisch. Das mag ich nicht!

»Halt den Hund fest!«, rief Linda verärgert und versuchte, den kläffenden Welpen von ihren Seidenstrumpfhosen fernzuhalten. »Wo kommt der überhaupt her?«

Michael war schon aufgesprungen und griff sich die Hündin beherzt, nahm sie auf den Arm. »Ist ja schon gut, Kleine. Keine Angst, das ist doch nur Linda. Sie tut dir nichts.«

Das sagst du so! Wie kann sie einfach so hier hereinspazieren? Okay, ich bin neu hier und weiß noch nicht, wer zu deinem Rudel gehört und wer nicht. Aber bitte nicht diese Frau. Die riecht so streng!

»Hallo, Linda.« Er beugte sich zu ihr und gab ihr einen flüchtigen Kuss. Dabei wurde er von einer Wolke ihres Parfüms eingehüllt. »Das hier ist …« Er zögerte. »Ich habe noch keinen Namen für sie.«

»Ich wusste nicht, dass du dir einen Hund zulegen wolltest.« Lindas Stimme klang ungehalten und etwas beleidigt.

»Ich auch nicht.« Er hob die Schultern. »Es kam ganz unerwartet. Jemand hat die Kleine in einem Müllcontainer beim Altenheim ausgesetzt. Ich habe sie zufällig beim Joggen gefunden.«

»Warum hast du sie nicht gleich ins Tierheim gebracht?«

Jetzt fängt sie auch noch mit dem Tierheim an! Ich will da nicht mehr hin. Außerdem hat Michael mir schon ein Bettchen gekauft, also wohne ich jetzt hier.

Überrascht blickte Michael auf den Hund in seinem Arm, der bei dem Wort Tierheim leise geknurrt hatte. Vorsichtig setzte er das Tier wieder auf den Boden. »Das habe ich irgendwie nicht über mich gebracht«, erklärte er. »Sie bleibt erst mal hier, bis wir herausgefunden haben, ob sie wirklich ausgesetzt wurde oder nur jemandem entlaufen ist.«

»Wir?« Fragend hoben sich Lindas Augenbrauen.

Lächelnd wies er auf die Couch und signalisierte Linda damit, sich zu setzen. »Ja, weiß du, es ist etwas Erstaunliches passiert. Ich habe mir von Julia Rosenbaum die Adresse einer Tierärztin geben lassen, weil ich doch nicht wusste, was ich mit dem Hund machen sollte. Und stell dir vor, diese Tierärztin ist Fiona Maier, eine alte Freundin von mir.«

Als Linda ihn nur weiter fragend ansah, ging er zur Wand neben dem überdimensionalen Flachbildfernseher und nahm eines der unzähligen gerahmten Fotos vom Haken. Es zeigte ihn und Fiona am Tage ihrer Einschulung. Beide grinsten in die Kamera und hielten große bunte Schultüten in den Armen.

Linda betrachtete es einige Sekunden schweigend. »Sieht aus wie eine Kindergartenfreundin.«

»Ja, wir waren unzertrennlich, bis sie im vierten Schuljahr mit ihren Eltern weggezogen ist«, bestätigte er. »Und jetzt ist sie wieder hier und hat eine eigene Tierarztpraxis. Ist das nicht toll?«

»Hm.« Linda hob leicht die Schultern. »War bestimmt nett, so eine alte Bekannte wiederzusehen.«

»Nett? Es ist sensationell«, berichtigte er. »Wir hatten uns über zwanzig Jahre aus den Augen verloren.«

»Hm, tja, wenn du es sagst.« Linda war ihre Skepsis anzumerken.

»Was meinst du damit?«, fragte er irritiert.

»Na ja, nichts gegen sie. Ich kenne sie ja nicht. Aber so wild scheint sie ja nicht darauf gewesen zu sein, dich wiederzusehen. Immerhin lebst du ja nach wie vor hier, und sie hätte leicht mal hier auftauchen können oder etwa nicht? Vor allem, wenn sie jetzt wieder hier in der Stadt wohnt.«

Michael kräuselte die Lippen, antwortete aber nicht gleich darauf. Linda hatte schließlich nur das ausgesprochen, was er eben selbst gedacht hatte. »Wie auch immer.« Er rang sich zu einem Lächeln durch. »Es war jedenfalls sehr nett, Fiona wiederzutreffen. Sie wird sich darum kümmern, eine Anzeige zu schalten, um herauszufinden, ob die Kleine jemandem gehört ...« Suchend blickte er sich um. »Wo steckt sie denn überhaupt?«

Aus der Küche hörte er ein Scharren und eilte sofort

dorthin. Sprachlos blickte er auf die Hündin. Sie hatte aus der Futterlieferung, die bei seiner Rückkehr von der Zoohandlung bereits vor der Tür gestanden hatte, einen Beutel mit Hundekeksen hervorgezogen und es irgendwie geschafft, die Papptüte aufzureißen. Einige der Kekse hatte sie bereits vertilgt. Rasch nahm er ihr den Beutel weg. »Böser Hund«, schimpfte er, musste sich ein Lachen jedoch verkneifen. »Du kannst doch unmöglich schon wieder Hunger haben? Und ausgerechnet die Kekse. Die wollte ich dir doch nur zur Belohnung geben!«

Tschuldigung. Ich hab doch nur mal probiert. Schmecken gut, die Hundekuchen. Obwohl die bei der Tierärztin besser waren. Aber die hier tun es auch. Bitte nicht böse sein. Ich bin auch ganz lieb. Siehst du?

Die Hündin ließ sich auf ihr Hinterteil plumpsen und schaute mit großen Augen zu Michael auf. Er lachte. »Schon gut, schon gut. Ich glaube, die hier verstecke ich mal besser vor dir.« Er legte den Beutel auf den Küchentresen. Dann dämmerte es ihm. Grinsend drehte er sich zu der kleinen Hündin um. »Ich glaube, ich weiß jetzt, wie ich dich nenne.« Er beugte sich zu ihr hinab und strich ihr über den Kopf. »Keks!«

Die Hündin wedelte erfreut.

Ja, gib mir bitte noch einen!

»Genau, das ist der perfekte Name für dich!«

Was für ein Name?

»Keks, komm zu mir!«

Hä? Meinst du mich?

»Komm her, Keks!«, lockte er und ging in die Hocke.

Zögernd stand der Welpe auf und tapste auf ihn zu.

»Ja, so ist's richtig, Keks. Komm zu mir!«

Als sie ihn erreicht hatte, streichelte er sie erfreut. »Brav, Keks. Du bist ja wirklich eine richtig Kluge, nicht wahr?«

Wenn du meinst. Moment mal, soll das etwa mein Name sein? Keks? Wie klingt das denn? Obwohl … Ich mag Kekse. Warum soll ich dann nicht so heißen?

»Was tust du denn so lange hier?« Linda erschien in der Küchentür und blickte fragend auf den noch immer am Boden hockenden Michael und den Hund hinab.

»Ich habe der Kleinen gerade ihren Namen gegeben«, erklärte er und rappelte sich auf.

»Aha.« Linda runzelte die Stirn. »Und der wäre?«

»Keks.«

»Das ist doch kein Hundename!«

Hast du eine Ahnung! Wenn Michael sagt, dass ich so heiße, dann hast du daran nicht zu rühren!

Linda kniff die Augen zu schmalen Schlitzen zusammen. »Er hat mich angeknurrt.«

»Sie«, korrigierte Michael. »Quatsch, hat sie nicht.«

Doch, habe ich!

»Doch, hat sie. Sie mag mich nicht.« Linda machte einen Schritt rückwärts und verschränkte die Arme vor dem Körper. »Ich weiß wirklich nicht, wie du dir das vorstellst. Du hast doch gar keine Zeit für einen Hund.«

»Dann nehme ich sie mir eben.«

»Und was machst du mit ihr, wenn wir in Urlaub fahren?«

»Ich nehme sie mit.«

»Ins Ausland? Das geht nicht so einfach. Und was ist mit unserer Reise in die Karibik über Weihnachten?«

Er seufzte. »Hör zu, wir finden schon eine Lösung, Linda. Ich will sie jedenfalls behalten.« Er setzte ein charmantes Lächeln auf. »Sobald du dich erst mal mit ihr angefreundet hast, wirst du sie auch nicht mehr hergeben wollen.«

»Wenn du meinst.« Überzeugt klang Linda nicht.

»Warum bist du überhaupt hier?«, fragte er.

»Ich wollte nachsehen, weshalb du das Meeting abgesagt hast. Da du nicht ans Handy gegangen bist, dachte ich, ich fahre rasch bei dir vorbei.«

Verdutzt griff Michael in seine Hosentasche und zog sein Smartphone hervor. »Oh, der Akku scheint leer zu sein.«

»Jetzt weiß ich ja, was dich aufgehalten hat«, fuhr sie fort.

»Ja, das war einfach nicht geplant. Aber das Meeting können wir ja später nachholen.«

»Das müssen wir sogar«, antwortete sie ernst. »Es gibt ein paar Probleme mit den neuen Lieferanten für Kolbenhirse. Ich habe in den letzten Proben erhöhte Schadstoffe gemessen.«

»Das hört sich nicht gut an.« Michael runzelte die Stirn. »Hör zu, ich fahre später in die Firma und kümmere mich darum. Aber zuerst gehe ich noch mal mit Keks nach draußen, und dann muss ich noch ein Kissen für sie besorgen.«

»Ein Kissen?«

»Für mein Büro.«

6.
Kapitel

»Das hat doch wunderbar geklappt«, freute Santa Claus sich und rieb sich die Hände.

Elf-Vier, der gerade dabei war, die Videowand mit durchsichtiger Plastikfolie gegen Farbspritzer abzudecken, drehte sich zu ihm um. »Was hat geklappt?«

»Na, mein kleiner Plan mit dem Hund. Wie findest du übrigens den Namen Keks?«

»Für einen Hund?« Elf-Vier griff nach dem Klebeband. »Ungewöhnlich. Aber was glaubst du, soll denn jetzt werden? Ich hätte mich an deiner Stelle nicht da eingemischt. Dieser Michael ist immerhin verlobt, und jetzt hast du ihm diese Fiona vor die Nase gesetzt. Glaubst du, das geht gut?«

»Er ist noch nicht verlobt, und ich hab ihm Fiona auch nicht vor die Nase gesetzt«, korrigierte Santa Claus. »Höchstens dem Schicksal ein bisschen auf die Sprünge geholfen.«

»Wie du meinst, aber ich finde, das riecht nach Ärger.«

Fragend hob der Weihnachtsmann den Kopf. »Warum sagst du das?«

»Na, erstens, weil diese Linda garantiert eifersüchtig ist, und das tut der Beziehung bestimmt nicht gut. Und zweitens, weil du gar nicht weißt, weshalb Fiona sich nicht mehr bei Michael gemeldet hat. Oder warum sie diesen Brief an seine Firma so lange zurückgehalten hat.«

»Dann finde ich es eben noch heraus.«

»Hoffentlich ist es dann nicht schon zu spät!«

7.
Kapitel

Ein wenig unschlüssig stand Fiona am frühen Abend des folgenden Tages vor Michaels Haus. Sie kannte weder seine Handy- noch seine Festnetznummer und in der Firma wollte sie auch nicht nachfragen. Ganz abgesehen davon, dass sie nicht sicher war, ob man sie überhaupt so einfach zum Juniorchef durchstellen würde. Deshalb hatte sie beschlossen, ihn zu besuchen.

Im Haus brannte Licht, also schien er da zu sein. Hoffentlich hatte er keinen Damenbesuch! Soweit sie gehört hatte, war er momentan mit einer Frau aus seiner Firma liiert, und die Gerüchteküche ließ verlauten, dass es diesmal tatsächlich etwas Ernstes sein könnte.

Fiona glaubte nicht so recht daran, zumindest nicht nach allem, was sie bisher über Michael gehört und gelesen hatte. Aber sie konnte sich natürlich auch täuschen. Nicht, dass es ihr etwas ausmachen würde, wenn er verlobt wäre. Sie wollte nur einfach nicht in ein romantisches Dinner oder eine ähnliche Situation hineinschneien. Ihr war nur der Hund wichtig – Michaels Privatleben ging sie nichts an.

Da es nichts brachte, noch länger in der eisigen Kälte zu stehen und auf seine Haustür zu starren, ging Fiona entschlossen auf das Anwesen zu und drückte den Klingelknopf. Sogleich ertönte drinnen freudiges Bellen. Durch das Milchglas neben der Eingangstür konnte Fiona den Schatten des kleinen Hundes erkennen, der wie wild hin und her tänzelte. Dann hörte sie Michael etwas sagen – in strengerem Ton, als sie ihm zugetraut hätte. Sofort war der Labrador ruhig, und als die Tür sich öffnete, sah sie ihn brav, wenn auch heftig wedelnd, auf den dunklen Steinfliesen sitzen.

»Wow«, sagte sie statt einer Begrüßung. »Das nenne ich mal einen braven Hund.«

Michael lachte. »Nur, solange ich sie mit Keksen besteche.« Zum Beweis gab er dem Welpen einen Hundekuchen, den dieser begeistert verschlang. »Hallo, Fiona.«

»Guten Abend, Michael. Ich hoffe, ich störe nicht gerade …«

»Nein, ganz und gar nicht. Komm rein.« Er machte einen Schritt beiseite, damit sie eintreten konnte. Bewundernd blickte sie sich in dem großzügigen Eingangsbereich um, der durch eine zweiflüglige Tür mit dem Wohnzimmer verbunden war. Dunkle Böden, helle Wände und Möbel, Grünpflanzen an allen verfügbaren Plätzen. »Ich staune«, sagte sie. »Für eine Junggesellenbude ist es hier aber gemütlich.« Sie warf ihm einen Seitenblick zu. »Und so aufgeräumt.«

»Putzfrau«, antwortete er grinsend. »Falls du dich noch erinnerst – ich gehöre nicht zu den ordentlichsten Menschen.«

Hey, würde mich bitte auch mal wieder jemand beachten? Ich sitze hier schon eine Ewigkeit und bin ein Ausbund an Bravheit!

Auf das leise Fiepen des Welpen hin ging Fiona in die Hocke. »Na du, willst du auch begrüßt werden? Du bist ja so süß.« Sie blickte zu Michael hoch. »Hast du ihr inzwischen einen Namen gegeben?«

»Keks.«

»Was?«

»Sie heißt Keks, weil sie ein echtes Krümelmonster ist.«

Fiona lachte. »Hallo, Keks! Dann magst du die hier bestimmt auch, nicht wahr?« Sie griff in ihre Tasche und zog einen ihrer selbstgebackenen Hundekuchen hervor.

Au ja, die sind so lecker. Hast du noch mehr davon?

»He, he, nicht so wild! Mehr gibt es erst mal nicht.« Wieder lachte Fiona und erhob sich. »Sie macht ihrem Namen wirklich alle Ehre.«

»Darf ich fragen, weshalb du hier bist?«, wollte Michael wissen und bedeutete Fiona gleichzeitig, ihm voraus ins Wohnzimmer zu gehen und sich auf die Couch zu setzen. »Möchtest du einen Kaffee?«

»Nein, danke, mach dir keine Umstände«, wehrte sie rasch ab. »Ich wollte dich eigentlich gar nicht belästigen …«

»Wer sagt, dass du mich belästigst?«

»Ein Anruf hätte sicherlich auch genügt, aber ich habe deine Handynummer nicht und …«

»Nach Feierabend bleibt mein Handy aus«, erklärte er. »Dann bin ich nur über meine Privatnummer zu erreichen. Ich schreibe dir beide Nummern auf.«

»Das ist doch nicht nötig!«

»Doch, meine beste Freundin muss ja wohl meine Telefonnummer haben, oder etwa nicht?« Er ging zu einem Sideboard und zog einen Block samt Kugelschreiber aus einer Schublade hervor.

»Ich bin nicht deine beste Freundin«, widersprach Fiona und spürte, dass sie errötete. »Ich meine, ich …

»Du warst es aber mal«, unterbrach er sie lächelnd und reichte ihr den Zettel mit seinen Telefonnummern. »Und wer sagt, dass du es nicht wieder sein könntest?«

»Wir sind keine Kinder mehr.«

»Nein, ganz offensichtlich nicht.« Sein Blick wanderte über ihr Gesicht, dann über ihren gesamten Körper, bevor er wieder zu ihren Augen zurückkehrte. »Aber auch Erwachsene brauchen Freunde, oder etwa nicht?«

Ein Prickeln breitete sich in Fionas Magengrube aus und strahlte bis in ihre Fingerspitzen. Dennoch hielt sie seinem Blick stand, denn sie wollte nicht, dass er merkte, wie leicht sein Blick sie aus dem Konzept brachte. »Nur, weil wir uns als Kinder gut verstanden haben, muss das nicht bedeuten, dass wir heute auch noch Gemeinsamkeiten haben.

Zwanzig Jahre sind eine lange Zeit, in der sich viel ändern kann.«

»Du scheinst ja entschlossen zu sein, mich nicht zu mögen«, stellte er mit leichter Verwunderung fest. »Ich kann mich nicht erinnern, dass wir im Streit auseinander gegangen sind oder dass ich irgendetwas getan hätte, das dir einen Grund gibt, mich nicht mehr ausstehen zu können.«

»Ich habe nicht gesagt, dass ich dich nicht ausstehen kann!«, erwiderte Fiona rasch, vielleicht etwas zu rasch. Verlegen senkte sie den Blick und betrachtete den Couchtisch. »Ich meine nur, dass wir sehr unterschiedliche Leben führen und überhaupt nicht wissen können, ob wir auch heute noch Freunde sein können.«

»Wenn das so ist.« Michael lächelte und setzte sich neben sie. »Warum finden wir es dann nicht einfach heraus?«

»Herausfinden?« Fiona hob den Kopf wieder und musterte ihn misstrauisch. Seine Miene verriet nicht, was er dachte, aber in seinen Augen funkelte es gefährlich. Vorsichtshalber rückte sie ein Stück von ihm ab. »Was meinst du damit?«

Mit einem amüsierten Lächeln beugte er sich vor, jedoch nur, um Keks, die neugierig herbeigekommen war, auf seinen Schoß zu heben. »Nun, zunächst einmal würde ich vorschlagen, dass du mir erzählst, weshalb du mich unbedingt erreichen wolltest. Und dann …«

»Dann?« Argwöhnisch hob sie die Brauen.

Er grinste. »Dann könnten wir mir Keks einen kleinen Rundgang machen. Ich glaube, sie muss gleich noch mal raus.«

Fiona entspannte sich ein wenig. »Ich habe gestern das Tierheim angerufen. Wenn Hunde entlaufen, melden sich die Besitzer manchmal dort. Heute rief mich daraufhin eine Mitarbeiterin des Breuerhofes an, das ist eine Außenstelle des Tierheims, etwa fünf Kilometer außerhalb der Stadt. Von dort ist vorgestern ein Labradorwelpe verschwunden, auf den die Beschreibung von Keks passt.«

»Oh. Was bedeutet das?« Besorgt hob Michael den Kopf. Gleichzeitig fiepte der Welpe leise. »Muss ich sie zurückbringen?«

Fiona lächelte. »Nein. Wenn du sie behalten möchtest, kann sie hierbleiben. Du müsstest dich nur morgen im Tierheim melden und die Formalien erledigen.« Sie griff in ihre Hosentasche und zog eine Visitenkarte hervor. »Hier ist die Adresse samt Telefonnummer. Vielleicht wäre es am besten, du fährst hin und nimmst Keks mit. Dann können die Mitarbeiter des Tierheims gleich schauen, ob sie wirklich der verschwundene Welpe ist. Aber die Wahrscheinlichkeit ist wohl sehr groß.«

»Wie konnte sie denn aus dem Tierheim entwischen?«, wunderte Michael sich.

Fiona zuckte die Achseln. »Keine Ahnung. Anscheinend hat einer der Betreuer eine Tür nicht richtig verriegelt. Jedenfalls stand sie plötzlich weit auf, und Keks war verschwunden. Die zuständige Tierpflegerin war ganz verzweifelt. Sie schwört, dass sie den Riegel vorgelegt hatte.«

»Merkwürdig.«

»Ja, aber zum Glück hat die Sache ja ein gutes Ende genommen. Nicht wahr, Keks?« Fiona streichelte der Hündin sanft übers Fell.

O ja, Fiona! Hier gefällt es mir viel besser als im Tierheim. Findest du nicht auch, dass es wunderschön hier ist? Jetzt, wo ich bei Michael bleiben darf, kann ich es dir ja verraten: Die Weihnachtselfen möchten, dass du dich hier auch wohlfühlst. Ich weiß zwar nicht, warum, aber du und Michael, ihr sollt euch unbedingt gut vertragen. Finde ich eine tolle Idee. Ich mag dich nämlich!

»Huch, was ist denn nun los?« Lachend ließ sich Fiona von Keks die Finger lecken. Der Welpe schnaufte und fiepte vor Wonne und kroch dann auf ihren Schoß. Da Michael die Hündin weiter festhielt, damit sie nicht zu Boden fallen konnte, streiften seine Finger die ihren. Sie hätte schwören können, dass ein leichtes Knistern durch sie hindurchfuhr. Rasch zog sie ihre Hände zurück und tat, als sei nichts geschehen.

»Sie scheint dich gern zu haben«, stellte Michael lachend fest. »Und das spricht definitiv für ihren guten Geschmack.«

Fiona spürte die Röte in ihre Wangen steigen. »Tut mir leid.«

»Was meinst du?« Überrascht suchte er ihren Blick.

Sie biss sich auf die Unterlippe. »Was ich gestern gesagt habe – über dich und deinen Lebenswandel. Es steht mir nicht zu, darüber zu urteilen.«

»Tut es das nicht?«

»Nein! Ganz sicher nicht.« Verlegen richtete Fiona ihren Blick auf den Hund.

»Ich dachte, Freunde dürften einander alles sagen.«

Sie hob den Kopf wieder. »Ja, vielleicht, aber ich bin doch nicht ...«

»Vielleicht hast du sogar recht.«

Verblüfft hielt sie inne. »Womit?«

»Meine Lebensweise war bisher nicht gerade mustergültig.«

Fiona hob die Schultern. »Na ja, du bist ein erfolgreicher Geschäftsmann, ungebunden. Du kannst leben, wie du willst. Ich habe kein Recht, dich dafür zu verurteilen.« Schon wollte sie Keks zurück auf seinen Schoß heben, um aufzustehen, doch er legte ihr rasch eine Hand auf den Arm.

»Weißt du noch, wie ich mal die Idee hatte, einfach einen Rucksack zu packen und abzuhauen, weil ich nicht mit meinen Eltern in den Skiurlaub fahren, sondern lieber hier mit dir Schneemänner bauen wollte? Du hast mit mir geschimpft und gesagt, ich wäre verrückt, wenn ich mir so einen spannenden Urlaub entgehen ließe. Dass viele Kinder nie Skifahren lernen dürften, weil ihre Eltern kein Geld dafür hätten. Du hast mir befohlen, mindestens fünfzig Fotos zu machen, die ich dir dann nach dem Urlaub zeigen sollte.« Er lächelte bei der Erinnerung. »Ich glaube, es waren am Ende hundert Fotos, nicht wahr? Und du wolltest, dass ich dir auf dem Hügel hinter eurem Haus zeige, wie man Ski fährt.«

Als Fiona sich ebenfalls erinnerte, lächelte auch sie, schüttelte aber gleichzeitig den Kopf. »Das hat doch nichts mit deinem heutigen Leben zu tun.«

»Doch, in gewisser Weise schon«, widersprach er, und sein Gesichtsausdruck wurde ernst. »Ich habe mich wahrscheinlich einfach dem Leben angepasst, das meine Eltern führen und auch für mich vorgesehen hatten.«

»Was ist falsch daran?«, fragte sie verlegen.

Er legte den Kopf schräg und musterte sie eingehend. »Sag du es mir.«

In diesem Moment öffnete jemand die Haustür; Schritte wurden laut. Keks fuhr auf und sprang mit einem Satz von Fionas Schoß. Wild bellend schoss sie zur Tür hinaus.

Wer ist da? O nein, Linda! Was willst du denn hier? Du kommst gerade ganz unpassend. Geh wieder weg. Weg, hörst du?

Keks bellte wie verrückt.

»Hilfe, Michael, fang diesen Köter ein!«, schrie Linda entsetzt.

Michael sprang auf und eilte in die Diele. »Hey, Keks,

hör auf damit! Was soll das denn? Schluss jetzt, ab ins Wohnzimmer!« Nachdem er die Aufmerksamkeit der Hündin auf sich gelenkt hatte, deutete er streng hinter sich.

Mit einer Mischung aus Jaulen und Knurren trollte Keks sich zurück ins Wohnzimmer. Linda folgte ihr zögernd. »Hab ich nicht gesagt, dass sie mich nicht leiden kann?«, fauchte sie. »So geht das jedenfalls nicht … Oh, guten Abend.« Überrascht blieb sie mitten im Raum stehen, als sie Fiona erblickte. Ein Lächeln erschien auf ihren Lippen, das jedoch nicht ihre Augen erreichte. »Ich glaube, wir kennen uns noch nicht. Linda Kreuzbacher.«

Rasch stand Fiona auf und ergriff die Hand der attraktiven Blondine. »Guten Abend. Ich bin Fiona Maier.«

»Ach, die Tierärztin!« Linda musterte sie unverhohlen. »Wie ich hörte, kennen Sie und Micha sich schon aus dem Kindergarten.«

»Ja, stimmt.« Fiona nickte.

»Dann habt ihr euch bestimmt eine Menge zu erzählen. Vielleicht können wir ja mal alle gemeinsam zu Abend essen. Was meinst du, Schatz?« Linda warf Michael ein strahlendes Lächeln zu. »Wäre das nicht nett?«

Fiona räusperte sich verhalten. Sie hatte die Botschaft der anderen Frau sofort verstanden und beschloss, dass es an der Zeit war, das Feld zu räumen. »Ja, von mir aus gern irgendwann. Jetzt muss ich aber los. Ich wollte ja sowieso nur wegen des Tierheims Bescheid geben.« Sie nickte Michael zu. »Also dann … ich wünsche dir … euch noch einen schönen Abend.«

Michael blickte etwas ratlos zwischen Linda und ihr hin und her. Als sie bereits an der Tür war, eilte er ihr nach und hielt sie auf, indem er sie am Arm berührte. »Du musst doch nicht gleich weglaufen«, sagte er leise. »Ich würde gerne …«

»Ich laufe nicht weg«, korrigierte Fiona ihn und zwang sich zu einem Lächeln. »Ich habe noch etwas zu tun. Denk bitte daran, dich morgen beim Tierheim zu melden. Bis bald mal!« Sie hob kurz die Hand zum Gruß und machte, dass sie fortkam.

»Verflixt!«

»Was meinst du?« Linda trat dicht hinter Michael und legte ihm eine Hand auf die Schulter.

Gereizt drehte er sich zu ihr um. »Was willst du denn hier?«

»Wie bitte?« Sichtlich irritiert ließ sie die Hand wieder sinken und starrte ihn an.

Mit Mühe riss er sich zusammen und atmete durch. »Entschuldige, Linda. Ich wollte dich nicht ...« Noch einmal blickte er zur Straße, doch Fiona war bereits verschwunden. Resignierend schloss er die Haustür. »Ich hätte mich gerne noch ein bisschen länger mit Fiona unterhalten«, sagte er.

Auf Lindas Gesicht erschien wieder ein Lächeln. »Nun, das können wir doch später auch noch. Lade sie doch demnächst einfach zu einem gemeinsamen Dinner ein. Wir könnten auch deine Eltern dazubitten ...«

»Allein, Linda. Ich hätte gerne noch ein bisschen allein mit ihr gesprochen.«

»Ach ja?« Zwischen ihren Augen entstand eine steile Falte. »Wozu?«

»Wozu? Du bist gut! Wir haben uns eine Ewigkeit nicht gesehen. Du kennst sie doch gar nicht, und meine Eltern werden sich kaum groß für sie interessieren.«

»Mag sein, aber wenn sie dir so wichtig ist, möchte ich sie natürlich auch ganz gerne kennenlernen«, erwiderte Linda diplomatisch. »Vor allem, nachdem sie jetzt so plötzlich Interesse an dir zeigt, obwohl sie doch offenbar schon eine Weile in der Stadt ist, ohne sich bei dir gemeldet zu haben.«

»Was soll das denn heißen? Warum reitest du so darauf herum?«

Linda hob die Schultern. »Nichts. Nur, dass ich mich frage, was für einen Grund sie hat, hier plötzlich aufzutauchen. Wenn es wegen des Hundes ist, hätte sie dich auch anrufen können.«

»Sie hatte meine Nummer nicht.«

»In der Firma hätte sie es den ganzen Tag lang versuchen können.«

»Sie führt eine Tierarztpraxis und hatte wahrscheinlich keine Zeit.«

»Mhm.«

Michael runzelte die Stirn. »Hast du etwas gegen sie?«

»Aber nein, mein Schatz. Überhaupt nicht. Komm, lass uns ins Sternbach gehen und etwas essen. Ich kann rasch einen Tisch reservieren.«

»Das geht nicht.« Michael schüttelte den Kopf. »Ich kann Keks nicht hier allein lassen, und mitnehmen möchte ich sie auch noch nicht. Sie soll sich erst mal hier eingewöhnen. Außerdem muss sie noch mal raus.«

Linda seufzte ergeben. »Also gut, wie du meinst. Dann geh mit ihr nach draußen, und ich bestelle uns was vom Chinesen.«

Michael zögerte einen Moment, er war kurz davor, den Vorschlag abzulehnen. Doch dann überlegte er es sich anders. Was brachte es, Linda zu verärgern? Also holte er die Hundeleine von der Garderobe und rief Keks zu sich.

8.
Kapitel

»Siehst du, die Probleme gehen schon los«, sagte Santas Frau, die gerade ein Tablett mit Gebäck für die Handwerker-Elfen hereintrug und dabei einen Blick auf die von durchsichtiger Folie verhüllten Videobildschirme warf. »Das hast du jetzt davon.«

Santa Claus strich sich verwundert durch den Bart. »Was habe ich davon?«

»Na, diese Linda ist eifersüchtig!«, erklärte seine Frau ihm ungeduldig. »So was ist immer ganz schlecht. Nicht, dass du am Ende noch einen Keil zwischen sie und Michael treibst!«

»Ach was, Keil.« Der Weihnachtsmann schüttelte entschieden den Kopf. »Wenn schon ein einfacher Besuch Fionas ausreicht, um Linda auf die Palme zu bringen, dann kann die Beziehung nicht auf festen Füßen stehen.«

»Immerhin scheint Michael ja einen ziemlichen Ruf zu haben, was Frauen angeht«, gab seine Frau zu bedenken. »Da erscheint es mir verständlich, dass Linda auf der Hut ist.«

»Mag sein. Aber andererseits kommt sie mir auch nicht wie ein Engel vor«, antwortete Santa Claus. »Sonst hätte sie Michael doch offen darauf angesprochen, oder etwa nicht?«

»Das hat sie aber doch. Sie hat Fiona sogar zum Essen eingeladen.«

»Schatz, ich glaube, wir warten lieber noch ein bisschen ab, bevor wir ein Urteil fällen«, sagte der Weihnachtsmann. »Und nun muss ich dringend wieder an meine Arbeit. Der Postbote hat heute einen ganzen Sack voll neuer Wunschzettel gebracht. Die muss ich alle noch lesen und katalogisieren.«

»Wie du meinst.« Mit einem letzten skeptischen Blick auf die Videowand ließ Santas Frau ihn und die beiden Handwerkerelfen in seinem Büro wieder allein.

9.
Kapitel

Nachdenklich betrachtete Michael die beiden vollen Müllsäcke mitten in seinem Wohnzimmer. Er wusste nicht recht, was ihn überkommen hatte, seine Schränke auszumisten. Es war Freitagnachmittag, nein, fast schon Abend. Das erste Adventswochenende stand vor der Tür, und Linda würde ganz sicher verlangen, dass er mit ihr irgendwohin ausging. Ins Sternbach vermutlich. Daran lag ihm jedoch ausgesprochen wenig. Er war schon seit vielen Jahren nicht mehr auf dem Weihnachtsmarkt gewesen. Als Kind und auch noch als Jugendlicher hatte er sich dort gerne mit Freunden getroffen. Doch diese Freunde hatten inzwischen alle Familien, lebten ein anderes Leben als er. Manche waren auch fortgezogen. So wie Fiona. Doch sie war inzwischen zurückgekehrt, und er konnte sich recht gut vorstellen, dass ein Besuch auf dem Weihnachtsmarkt ihr bestimmt gefallen würde.

Lächelnd blickte er auf Keks, die neugierig an einem der Müllsäcke schnupperte. »Was meinst du?«, fragte er. Der Hund hob aufmerksam den Kopf. »Ob wir mal bei Fionas Praxis vorbeischauen sollen?«

Ja, von mir aus. Aber bitte nur, wenn ich nicht wieder gestochen werden soll!

»Wir könnten versuchen, sie zu einem Spaziergang zu überreden.«

Spaziergang klingt toll! Ich müsste nämlich mal wieder raus …

»Vielleicht geht sie auch mit uns essen.«

Essen ist noch besser. Fiona hat immer so leckere Hundekuchen. Gehen wir gleich los?

»Weißt du was, Keks, am besten hole ich rasch meinen Mantel, und wir gehen sofort los. In einer Viertelstunde schließt Fiona ihre Praxis. Wenn wir uns beeilen, erwischen wir sie noch.« Michael blickte noch einmal auf die Müllsäcke, entschied sich jedoch, sie erst später hinauszubringen. Seit Fionas Besuch waren drei Tage vergangen. Da sie sich nicht mehr gemeldet hatte, ging er davon aus, dass er den nächsten Schritt tun musste. Sie hatte vor Linda die Flucht ergriffen, das war ihm klar, und es ärgerte ihn. Es schmeckte ihm nicht, dass seine beste Freundin aus Kindertagen sich in Anwesenheit seiner – ja, was? Fast-Verlobten? – unwohl fühlte. Dabei wusste er nicht recht, was ihm mehr widerstrebte – Fionas Rückzug oder der Gedanke an die bevorstehende Verlobung. War er tatsächlich so unfähig zu Bindungen, wie es ihm bereits vorgeworfen worden war? Sollte er sich in diesem Fall nicht lieber von Fiona fernhalten? Sie gefiel ihm; er kannte die Anzeichen für ein Interesse seinerseits, das über das an einer platonischen Bekanntschaft hinausging. Wäre er romantischer veranlagt, hätte er sich einreden können, dass er nur auf sie gewartet hatte. Aber das war Unsinn, oder nicht?

Fest stand, dass sie ihm wichtig war. Er würde nichts tun, was ihre Freundschaft, falls sie sich wieder entwickeln würde, gefährdete. Aber wiedersehen wollte er sie auf jeden Fall. Entschlossen schnappte er sich die Hundeleine und legte Keks ihr neues Geschirr an. Dann warf er sich seinen schwarzen Wollmantel über, griff nach Schal und Schlüsseln und machte sich mit seiner neuen vierbeinigen Freundin auf den Weg in die Rosenstraße.

»Ich gehe dann mal nach Hause!«, rief Inge und zog ihre Jacke an. »Bis Montag!«

Fiona kam aus ihrem kleinen Büro. »Ja, mach's gut. Ich wünsche dir ein schönes Wochenende.«

»Vor allem eines ohne Notfälle«, stimmte Inge lachend zu. »Ich würde dich ja gerne zu einem Gang über den Weihnachtsmarkt einladen.«

Zögernd schüttelte Fiona den Kopf. »Nein, lieber nicht. Ich bin nicht in der Stimmung für Glühwein und Weihnachtsmusik.«

»Du igelst dich ein«, stellte Inge kopfschüttelnd fest. »Das ist nicht gut.« Sie hielt inne. »Michael Sahler wirst du dort auch bestimmt nicht über den Weg laufen. Ein Mann wie er geht nicht auf Weihnachtsmärkte, es sei denn, sie befinden sich in New York oder so.«

»Das hat doch nichts mit Michael zu tun!«, rief Fiona etwas zu rasch und wurde rot.

Inge legte den Kopf schräg. »Nein, bestimmt nicht.« Sie schmunzelte. »Hast du ihm inzwischen von deiner Rezeptur erzählt?«

»Nein.«

»Warum nicht?«

Fiona seufzte und gestikulierte leicht gereizt. »Ich kann das nicht. Er ... Wir haben uns gerade erst wiedergetroffen. Wie sieht das denn aus, wenn ich ihm gleich mit meiner Idee komme? Da muss er doch glauben ... Nein, ich lasse es lieber.«

»Dir liegt etwas an ihm.« Inge wandte sich von der Tür ab und trat ein paar Schritte auf Fiona zu.

»Na ja, sicher.« Fiona wand sich. »Wir waren als Kinder wirklich gute Freunde, haben praktisch zusammengeklebt wie siamesische Zwillinge. Das ist zwar lange her, aber solche Erinnerungen verbinden ja doch irgendwie.«

»Mhm.« Das Schmunzeln auf Inges Lippen vertiefte sich zu einem Lächeln. »Und es schadet auch nicht, dass er extrem gut aussieht.«

»Inge!«

»Was denn, willst du mir etwa sagen, dass er dir nicht gefällt? Dann müsste ich aber schon sehr an deiner Sehkraft zweifeln. Oder an deinem Geschmack.«

»Er weiß, wie gut er aussieht«, antwortete Fiona nun noch gereizter.

»Und das stört dich?«

»Einen Mann wie ihn hat man niemals allein, sagt man nicht so?«

Inge lachte. »Das setzt erst mal voraus, dass man ihn überhaupt gerne haben möchte.«

»Ich … ähm …«

»Aha!« Inge zwinkerte ihr zu und legte ihr eine Hand auf den Arm. »Also Sandkastenfreundschaft hin oder her – ich würde es an deiner Stelle zumindest versuchen.«

»Was versuchen?« Irritiert blickte Fiona sie an.

»Herauszufinden, ob dieses Sprichwort stimmt. Vielleicht erlebst du ja eine Überraschung.«

Unsicher strich sich Fiona ihr braunes Haar hinters Ohr. »Du meinst wirklich, ich soll etwas mit einem notorischen Frauenhelden anfangen?«

Sachte schüttelte Inge den Kopf und warf einen Blick durch die Glastür auf die von Straßenlaternen beleuchtete Straße. »Nein, ich denke, du solltest einfach deinem alten Kinderfreund eine Chance geben und schauen, wo es euch hinführt.« Sie deutete mit dem Kinn Richtung Tür. »Er scheint zumindest ähnlicher Ansicht zu sein.«

»Guten Abend, Herr Sahler«, grüßte die Sprechstundenhilfe ihn, als Michael die Tür zur Praxis öffnete.

Er lächelte ihr zu. »Guten Abend, die Damen.« Sein Blick wanderte weiter zu Fiona, die ein wenig verlegen wirkte. »Keks und ich waren gerade auf unserem abendlichen Rundgang und haben uns gefragt, ob du nicht Lust hast, mit uns den Weihnachtsmarkt unsicher zu machen.«

Inge stieß einen überraschten Laut aus, dann kicherte sie vergnügt. »So kann man sich irren.«

»Wie bitte?« Verständnislos sah er sie an.

»Ach nichts.« Mit einem bedeutsamen Blick in Fionas Richtung setzte sie hinzu: »Ich wünsche euch viel Spaß. Bis Montag, Fiona! Auf Wiedersehen, Herr Sahler.« Mit einem breiten Lächeln auf den Lippen verließ Inge die Praxis.

Mit fragendem Blick wandte Michael sich wieder Fiona zu. »Was war das denn?«

Sie zuckte die Schultern und bemühte sich sichtlich, ihre Verlegenheit zu überspielen. »Inge hatte mich auch schon zum Weihnachtsmarkt eingeladen, aber ich habe abgesagt.«

»So, warum denn?«

»Mir ist nicht nach Weihachtstimmung.«

»Das ist aber sehr schade. Können wir dich wirklich nicht überreden?« Er setzte sein charmantestes Lächeln auf. »Ich wollte mir mit Keks eine Bratwurst teilen, und wenn du nicht mitkommst, ist niemand da, der mich dafür schimpfen könnte.«

Um Fionas Mundwinkel zuckte es verdächtig. Rasch ging sie in die Hocke und streichelte den Welpen. »Na, du. Lass dich bloß nicht von deinem Herrchen mästen!«

Hey, was denn, das mit der Bratwurst war nicht meine Idee. Aber einen Versuch wäre es wert. Hab ja noch nie eine essen dürfen. Aber ich nehme auch einen von deinen Hundekuchen. Die sind so lecker. Hast du welche in der Tasche oder unter dem Kittel versteckt?

»Hey, nicht doch!« Lachend wehrte sie den übermütigen Hund ab, der an ihr hochkletterte und seine Nase unter ihren weißen Kittel schieben wollte. »Suchst du nach denen hier?« Sie zog einen ihrer Hundekekse aus der Tasche und hielt ihn der Hündin vor die Nase.

Keks ließ sich auf ihr Hinterteil plumpsen und leckte sich mehrmals über die Schnauze. »Dachte ich's mir doch. Du bist ja wirklich ein kleines Krümelmonster.« Fiona gab dem Hund das Leckerchen und erhob sich wieder. »Wenn sie so weitermacht, muss ich sie über kurz oder lang wegen Übergewichts behandeln.«

Michael lachte. »Nicht, solange sie täglich mit mir joggen geht. Deine Hundekuchen scheint sie übrigens besonders gerne zu fressen. Die sind selbstgemacht, oder? Was ist dein Geheimnis?«

Sofort schien die Verlegenheit wieder da zu sein. Fiona rieb die Handflächen aneinander, als müsse sie sie von Krümeln befreien. »Ja, die mache ich selbst. Und da gibt es kein Geheimnis. Na ja, ich verwende nur ökologische Zutaten und so …« Sie brach ab und zog ihren Kittel aus, hängte ihn über den Stuhl an der kleinen Rezeption. »Okay, vielleicht ist es doch ein Geheimnis. Oder vielmehr mein selbst erdachtes Rezept, das ich sonst niemandem verrate.«

»Was auch immer du hineintust, Keks scheint es wirklich zu schmecken«, befand Michael. »Vielleicht sollte ich dich überreden, mir das Rezept zu verraten. Damit ließe sich bestimmt viel Geld machen.« Er grinste.

Fiona rang ein wenig nach Atem und starrte ihn erschrocken an. »Das Rezept?«

Michael musterte sie überrascht. Irgendetwas schien ihr unangenehm zu sein, deshalb stieß er sie sanft mit dem Ellenbogen an. »Das war ein Scherz, Fiona!«

»Entschuldige bitte.« Fiona senkte den Blick. »Ich sagte ja, dass ich nicht in bester Stimmung bin.«

»Dann werden wir jetzt dafür sorgen, dass sich das ändert.«

»Ach ja?«

»Jawohl.« Michael lächelte wieder. »Hol deinen Mantel und am besten auch einen warmen Schal – es ist ziemlich kalt heute Abend. Schnee liegt in der Luft. Und dann gehen wir zusammen auf den Weihnachtsmarkt.«

»Aber ich sagte doch ...«

»Keine Widerrede. Vielleicht treffen wir ein paar alte Bekannte.«

»Niemand wird sich mehr an mich erinnern.« Fiona zögerte, holte jedoch ihren blauen Wintermantel aus dem Büro und zog ihn über. Sorgsam verknotete sie den cremefarbenen Wollschal. Dann zog sie die passenden Handschuhe aus den Taschen und streifte sie über.

»Und wenn schon. Dann lernen sie dich eben wieder kennen.« Da sie noch die Tür abschließen musste, ging er ihr voran nach draußen. Gerne hätte er ihr seinen Arm angeboten, doch sie schien mit Bedacht auf Abstand zu ihm zu gehen, also ließ er es zunächst dabei bewenden. Zumindest protestierte sie nicht weiter, als er die Führung übernahm und in Richtung Innenstadt ging. Dort befand sich auf dem großen Marktplatz der Weihnachtsmarkt.

Schon von weitem sah man die unzähligen Lichter blinken. Weihnachtliche Musik lag in der Luft, und je näher sie dem Gelände kamen, desto intensiver wurden die herrlichen Gerüche von gebrannten Mandeln, Waffeln, Bratwurst und Reibekuchen.

Nebeneinander durchquerten sie den großen Torbogen aus Tannengrün. Linker Hand war ein großes altes Karussell aufgebaut, auf dem bereits etliche Generationen von Kindern gefahren waren. Fiona blieb stehen und betrachtete es, einen wehmütigen Ausdruck in den Augen.

Michael sah sie von der Seite an. »Stimmt etwas nicht?«

»Was?« Sie schrak zusammen. »Oh, nein, es ist nichts. Ich habe mich nur gerade daran erinnert, wie gerne wir mit diesem Karussell gefahren sind. Immer nebeneinander, und dann haben wir so getan, als würden wir ein Wettreiten auf den Holzpferden machen. Bloß, dass wir immer gleichzeitig ins Ziel kamen.«

Michael lachte. »Stimmt, das waren noch Zeiten, was? Magst du eine Runde drehen – um der alten Erinnerungen willen? Ich kann Klaus fragen, ob er uns eine Extrarunde fahren lässt.« Schon setzte er sich in Bewegung, um den Besitzer des Karussells ausfindig zu machen. Doch da spürte er Fionas Hand auf seinem Arm.

»Nein, Michael, warte! Das kannst du doch nicht machen!«

»Kann ich nicht?« Er grinste.

Sie schüttelte vehement den Kopf. »Wir sind doch viel zu groß für das Karussell. Und zu alt.«

»Am Stock gehen wir aber noch nicht.« Er zwinkerte ihr zu. »Na, vielleicht muss ich dich auch erst mit ein paar Gläsern Glühwein abfüllen.«

Fiona kniff die Augen zusammen, doch dann lachte sie plötzlich hell auf. »Du willst mich abfüllen? Kommt ja gar nicht in Frage!«

»Das werden wir ja sehen!«, erwiderte er, froh, dass sie endlich auf seinen lockeren Tonfall einging. »Aber ich werde mal nicht so ein. Du darfst dir zuerst eine kleine Grundlage verschaffen und etwas essen.«

»Ach, das ist aber sehr freundlich von dir.«

»Ja, nicht wahr?«

Sie lächelten einander an und setzten sich wieder in Bewegung. Da der Abend noch jung war, herrschte noch nicht zu viel Betrieb. Dennoch nickte Michael hier und da einem bekannten Gesicht zu. Bis sie die Hälfte des Platzes überquert hatten, wurde ihm bewusst, dass er tatsächlich mehr Menschen kannte, als er gedacht hatte. Einige von ihnen schienen äußerst überrascht, ihn hier zu sehen. Er versuchte sich zu erinnern, wann er zuletzt auf dem Weihnachtsmarkt gewesen war. Genau konnte er es nicht mehr sagen – es musste schon viele Jahre her sein. Kein

Wunder, dass sein Auftauchen hier für Getuschel sorgte. Noch dazu, da er sich nicht in Begleitung von Linda befand. Er hörte es geradezu in der Gerüchteküche brodeln. Aber davon würde er sich die Laune nicht verderben lassen. Sein Gefühl sagte ihm, dass er sich viel zu lange von allem ferngehalten hatte, was ihm früher einmal Spaß gemacht hatte oder ihm wichtig gewesen war.

»Da brat mir doch einer 'nen Elch!«, rief plötzlich eine weibliche Stimme. »Das kann doch nicht sein, oder? Seid ihr das wirklich? Micha und Fiona, das teuflische Duo?« Eine attraktive Frau mit schulterlangem kastanienbraunem Haar schoss auf Michael und Fiona zu und brachte sie dazu stehenzubleiben.

Michael runzelte kurz die Stirn, um ihr Gesicht einzuordnen, dann lachte er auf. »Tessa Lamberti, bist du das? Himmel, fast hätte ich dich nicht erkannt! Gut siehst du aus!«

»Winkmann bitte«, sagte sie und drehte sich kurz in Richtung eines der Marktstände. »Tom, komm mal her und sieh dir an, wer mir gerade über den Weg gelaufen ist!«

Ein hochgewachsener sportlicher Mann mit langen blonden Locken, die er im Nacken zu einem Zopf gebunden trug, kam näher. An einer Leine führte er einen kleinen Jack- Russel-Mischling, der sofort auf Keks zuging und sie neugierig beschnupperte. »Was gibt es denn, Tessa?«, fragte er neugierig.

Tessa machte eine ausholende Handbewegung. »Ich habe gerade zwei ganz alte Freunde getroffen. Michael Sahler müsstest du doch noch kennen, oder?«

Die beiden Männer musterten einander. »Aber klar doch, hallo, Michael«, rief Tom schließlich. »Wir waren auf der gleichen Schule, aber zwei Klassen auseinander. Du warst in Tessas Jahrgang.«

»Stimmt auffallend«, antwortete Michael erfreut.

»Aber das hier«, rief Tessa dazwischen, »ist eine noch viel größere Überraschung!« Sie deutete auf Fiona. »Michas siamesischer Zwilling!«

»Was?« Erstaunt blickte Tom von einem zum anderen.

Tessa grinste. »Na ja, eigentlich nannten die Lehrer sie das teuflische Duo, weil sie immer irgendwelche schrägen Streiche ausgeheckt haben.« Sie wandte sich an Fiona. »Weißt du, woran ich dich sofort erkannt habe?«

Fiona schüttelte den Kopf. Sie schien ganz überwältigt, dass Tessa sie so überschwänglich begrüßte.

»Na, an der kleinen Narbe an deinem Kinn!« Tessa strahlte. »Die hast du dir beim Bockspringen geholt, das weiß ich noch genau. Du bist falsch aufgekommen und hingefallen, und dabei hast du dir das Kinn aufgeschlagen.«

Fiona fand endlich ihre Sprache wieder. »Du hast ein gutes Gedächtnis, Tessa.«

»Seit wann bist du denn wieder in der Stadt? Und warum weiß ich nichts davon? Normalerweise erfahre ich früher oder später alles.«

»Tessa führt den einzigen und besten Blumenladen der Stadt in der Annastraße«, erklärte Michael.

»Jawohl, und deshalb höre ich von meinen Kunden auch immer alles«, bestätigte Tessa. »Na ja, zumindest fast alles.« Sie warf Michael einen bedeutsamen Blick zu. »Über dich erzählt man sich ja auch Sachen – mein lieber Mann!« Sie zwinkerte Fiona zu. »Wurde Zeit, dass du wieder auf der Bildfläche erschienen bist. Vielleicht kannst du ihn ja mal endlich auf eine gerade Spur bringen.«

»Ich?« Verwirrt starrte Fiona die alte Freundin an.

Tessa nickte energisch. »Ja, klar. Ihr seid doch wie Pech und Schwefel. Oder wart es zumindest früher. Aber du warst immer die vernünftigere von euch beiden. Schon im zarten Alter von acht oder neun Jahren. Was machst du denn beruflich?«

»Ich bin Tierärztin. Meine Praxis ist in der Rosenstraße.«

»Ach.« Tessa lächelte noch breiter. »Dann weiß ich ja, bei wem wir Ruprecht zukünftig impfen lassen. Wenn das mal kein gutes Omen ist. Wen habt ihr denn da dabei? Ruprecht scheint in euer kleines Hundemädchen ja schon ganz vernarrt zu sein.«

Tatsächlich umkreisten sich die beiden Hunde und stupsten einander immer wieder spielerisch an.

»Das ist Keks«, stellte Michael vor. »Sie ist ein Findelhund.«

»Und lebt jetzt bei euch?«

»Bei mir. So ist es.«

Tessa nickte zufrieden. »Hab ich's nicht gesagt? Ein gutes Zeichen, Fiona. Kaum bist du in der Stadt, schon wird der Schwerenöter hier sesshaft und schafft sich ein Haustier an.«

»Hey, sesshaft war ich vorher auch schon.«

»Ja, ja, was man halt so nennt.« Tessa winkte ab. »Wir müssen uns unbedingt mal alle zusammensetzen. Was meint ihr? Hier.« Sie zog eine Karte aus ihrer Jackentasche und reichte sie Fiona. »Ruf mich in den nächsten Tagen an, dann machen wir ein Date aus. Jetzt müssen wir leider weiter. Unser Sohn Lukas ist mit seinem Cousin Mario und seinem Onkel Leon irgendwo in der Menge untergetaucht. Wenn die drei zusammen sind, kommt meistens irgendein Unsinn dabei heraus. Also bis dann – wir sehen uns!«

Winkend entfernten sich Tom und Tessa. Fiona blickte kurz auf die Visitenkarte und steckte sie dann ein.

»Na, das hat doch gar nicht weh getan, oder?« Michael lächelte ihr zu. »Worauf hast du jetzt Lust? Bratwurst, Reibekuchen oder Waffeln?«

Fiona grinste. »Was heißt hier oder?«

10.
Kapitel

»Du hättest mich nicht begleiten müssen«, sagte Fiona, als sie die Tür zu dem rot verklinkerten Mehrfamilienhaus aufschloss, in dem sich ihre Wohnung befand. »Jetzt musst du mit Keks durch die halbe Stadt laufen, um nach Hause zu kommen.«

»Ach was, die Bewegung tut uns gut.« Michael winkte lachend ab. »Und ich wäre wohl kein Gentleman, wenn ich dich nicht nach Hause gebracht hätte.« Zwinkernd reichte er ihr die kleine Plastiktüte mit den Einkäufen, die sich Fiona dann doch nicht hatte verkneifen können. »Wie es scheint, konnte ich dich ja aus deinem Stimmungstief herausholen.«

»Ja, sieht so aus.« Sie lächelte. »Dafür müsste ich den Gentleman vermutlich noch hereinbitten, vielleicht auf eine Tasse Kaffee und eine Schale Wasser für Keks?« Sie zögerte. »Obwohl das eigentlich nicht meine Art ist.«

»Was, Hunden Wasser zu geben?«

Höre ich da Wasser? Für mich? Ja bitte, ganz viel! Ich verdurste nach dieser salzigen Bratwurst!

»Nein, fremde Männer abends in meine Wohnung einzuladen.«

Michael legte den Kopf schräg. »Als fremden Mann würde ich mich jetzt aber nicht gerade bezeichnen.«

Fionas Wangen verfärbten sich leicht rosig. »Du weißt schon, was ich meine.« Da er nicht darauf antwortete, seufzte sie ergeben. »Also gut, kommt rein.«

Er folgte ihr in den Hausflur und dann in den ersten Stock. Ihre Wohnung war klein, aber geschmackvoll eingerichtet. Dunkle Möbel zu hellen Wänden und Böden. Hier und da standen Nippsachen in den Regalen, auf den Fensterbänken drängten sich Blumen und Grünpflanzen. Fiona führte ihn in das Wohnzimmer und deutete auf die Couch. »Bitte setz dich doch. Soll ich uns Kaffee machen oder lieber einen Tee oder Grog?«

»Tee ist in Ordnung«, antwortete er. »Ich will ja heute Nacht noch schlafen.«

»Okay. Keks, komm mit mir! In der Küche kriegst du was zu trinken.«

Au ja, ich komme sofort!

Michael sah den beiden neuen Frauen in seinem Leben nach, dann lehnte er sich auf der Couch zurück und versuchte sich zu entspannen. Das Bedürfnis, Fiona in die Küche zu folgen, unterdrückte er standhaft. Stattdessen lauschte er den leisen Geräuschen, die sie bei der Zubereitung des Tees verursachte. Fast drei Stunden hatten sie gemeinsam auf dem Weihnachtsmarkt verbracht. Einigen weiteren alten Bekannten waren sie begegnet, doch die meiste Zeit konnte er sich ganz auf Fiona konzentrieren. Es erschien ihm verrückt, doch in ihrer Nähe hatte er tatsächlich das Gefühl, all die Jahre nur auf ihre Rückkehr gewartet zu haben. War das real, oder wurde er allmählich wunderlich? Obgleich sie bemüht schien, einen gewissen Abstand zu ihm zu halten, hatten sie allmählich zu ihrem alten freundschaftlichen Ton zurückgefunden. Anders natürlich als in der Kinderzeit, aber dennoch irgendwie vertraut. Die Chemie zwischen ihnen stimmte einfach, so war es früher gewesen und hatte sich seither nicht geändert.

Er lächelte versonnen. Doch, natürlich hatte sich etwas ganz Grundlegendes verändert. Sie waren erwachsen, und Fiona war eine sehr attraktive Frau geworden, die ihn voll in seinen Bann zog, ohne sich dessen bewusst zu sein. Vom ersten Moment an hatte sie in ihm das Verlangen nach mehr als der bloßen alten Freundschaft geweckt. Sie schien das fehlende Puzzleteil in seinem Leben zu sein.

Seine Miene wurde wieder ernst. Wohin solche Gedanken führen würden, war ihm nur allzu klar, aber auch, dass sie fruchtlos waren, solange Fiona ihn für einen Weiberhelden hielt. Was er bisher ja auch gewesen war. Für einen Moment versuchte er sich an die Vorteile dieses lockeren, ungebundenen Lebensstils zu erinnern – nur für den Fall, dass er vielleicht nur an einer Art vorübergehender Verwirrtheit litt. Doch seine Gedanken wanderten umgehend wieder zu der Frau in der Küche zurück, zu ihrem Gesicht, ihren schönen braunen Augen, dem ungekünstelten Lächeln auf ihren fein geschwungenen Lippen.

Michael schluckte und zwang sich ins Hier und Jetzt zurück. Tagträume waren ja gut und schön, aber obgleich er ein Mann schneller Entschlüsse war, hielt er es doch für angebracht, nicht mit der Tür ins Haus zu fallen.

»Möchtest du Zucker oder Milch?«, fragte Fiona in diesem Moment und trug ein Tablett mit zwei Tassen und der Teekanne herein. Keks folgte ihr, an der Schnauze noch Wassertropfen. Schnaufend legte sich die kleine Hündin unter den Couchtisch und schloss die Augen.

Es macht euch doch nichts aus, wenn ich ein Nickerchen mache? Hier ist es gemütlich und riecht so angenehm. Und ich bin sooo müde!

»Sie scheint ziemlich erschöpft zu sein«, stellte Fiona lächelnd fest.

Michael nickte. »Ja, der Tag war wohl doch sehr lang und anstrengend. Zucker bitte.« Er nahm eine der Tassen und rückte ein Stück zur Seite, damit Fiona sich setzen konnte.

Sie zögerte sichtlich und hätte sich fast auf den Sessel gegenüber gesetzt. Doch dann überlegte sie es sich doch wieder anders und ließ sich neben ihm nieder. »Wenn sie zu müde ist, musst du sie vielleicht nach Hause tragen.«

Michael lachte. »Oder du musst uns heute Nacht Obdach gewähren.« Als er ihre erschrockene Miene wahrnahm, setzte er hinzu: »Wir teilen uns auch gerne die Couch.«

Fiona nippte an ihrem Tee und stellte die Tasse dann auf dem Tisch ab. »Ich könnte euch auch nach Hause fahren.«

»Und wie ließe mich das dann als Gentleman dastehen?«, fragte er grinsend.

»Nicht gut.« Sie lächelte zurück. »Aber da wir im einundzwanzigsten Jahrhundert leben, könnte ich darüber hinwegsehen – zum Wohle des Hundes.«

»Und was ist mit meinem Wohl?«

Verblüfft kniff sie die Augen zusammen. »Was soll damit sein?«

»Nun ja.« Vorsichtshalber stellte auch er seine Tasse ab. »Vielleicht fühle ich mich ja nicht wohl, wenn du mich nach Hause fährst.«

»Du meinst, du läufst lieber?«

»Nicht ganz.« Zum Teufel mit der Zurückhaltung. Alles in ihm sehnte sich danach, ihr nahe zu sein – und er war schließlich auch nur ein Mann. Vorsichtig ergriff er ihre Hände, die sie in den Schoß gelegt hatte. Sogleich spürte er, wie sie sich leicht verkrampfte. Doch sie zog die Hände nicht zurück. »Das war ein sehr schöner Abend«, sagte er ruhig.

»Ja, aber …«

»Bitte kein Aber jetzt, Fiona. Lass mich ausreden – bitte.«

»Okay.« Ihre Stimme klang ein wenig angestrengt.

»Ich weiß, dass du keine gute Meinung von mir hast. Zumindest nicht von der Art, wie ich mein Privatleben bisher geführt habe. Und wenn ich dir jetzt sagte, dass ich meinen Lebensstil deinetwegen ändern möchte, würdest du mir vermutlich nicht glauben.« Er hielt inne und sah ihr forschend in die Augen. Dann wanderte sein Blick unwillkürlich hinab zu ihren Lippen, doch er riss sich zusammen. »Ich habe dich suchen lassen.«

»Was? Wie bitte?« Verwirrt starrte sie ihn an.

»Vor ungefähr zehn Jahren habe ich einen Detektiv beauftragt, dich zu suchen. Er hat dich auch gefunden. Du hast damals in Hamburg gelebt.«

»Aber …« Sie schluckte und schüttelte leicht den Kopf. »Warum hast du dich nicht bei mir gemeldet?«

»Ja, warum nicht?« Er drückte ihre Hände leicht. »Vielleicht, weil ich mich plötzlich gefragt habe, warum ich dich überhaupt gesucht habe.«

»Und …« Sie senkte den Blick. »Warum hast du mich gesucht?«

»Ich hatte gerade mit dem Studium begonnen und dachte, ich müsse erwachsen werden«, erklärte er. »Deshalb habe ich viele alte Besitztümer ausgemistet, wollte alles wegwerfen, um mir ein neues Leben zu verschaffen. Eines ohne Erinnerungen an Tage, die längst vergangen waren. Dazu gehörte auch, dass ich alle alten Fotos und Briefe aus unserer Kinderzeit loswerden wollte.«

»Oh.« Ihr Kopf ruckte hoch, und sie sah ihn betroffen an. »Du hast sie alle weggeworfen?«

»Nein. Ich wollte sie dir schicken.«

»Aber du hast es nicht getan.«

»Als der Detektiv mir deine Adresse gab, zusammen mit einem Foto von dir mit einem sehr nett aussehenden jungen Mann, habe ich es mir anders überlegt. Was hätte es bringen sollen, dich nach all den Jahren zu besuchen? Wie hätte ich dir erklären sollen, dass ich die Erinnerungen an unsere gemeinsame Zeit loswerden wollte?«

»Warum wolltest du sie denn so unbedingt loswerden?«

Er spürte ihren aufmerksamen Blick auf sich ruhen. »Weil ich hoffte, damit auch die Leere loszuwerden, die du in mir hinterlassen hattest, als du mit deinen Eltern weggezogen warst. Es klingt für dich vielleicht albern, aber ohne dich war hier nichts mehr, wie es war. Du warst meine beste Freundin, meine Vertraute. Natürlich hatte ich noch viele andere Freunde, aber wir zwei, das war …« Er suchte nach Worten.

Fiona nickte verständnisvoll. »Ich weiß. Ich habe dich auch lange Zeit vermisst.« Ihr Kopf senkte sich wieder, und Michael hatte den Eindruck, als beschäftige sie ein unangenehmer Gedanke.

»Fiona?«, fragte er vorsichtig und wartete, bis sie den Kopf wieder hob. Als er die Tränen in ihren Augen glitzern sah, erschrak er. »Stimmt etwas nicht?«

»Es tut mir leid«, sagte sie so leise, dass er sich anstrengen musste, um sie zu verstehen.

»Was tut dir leid?«

»Dass ich aufgehört habe, dir zu schreiben.« Sie blinzelte eine Träne weg.

»Na ja, ich habe ja auch aufgehört, dir zu schreiben«, korrigierte er.

»Ja, aber erst, nachdem ich dir immer seltener geantwortet habe. Auch angerufen habe ich absichtlich nicht mehr.« Sie entzog ihm ihre Hände und verschränkte sie ineinander. »Ich wollte dich vergessen und dass du auch mich vergisst.«

Michael schwieg und versuchte, dieses Bekenntnis einzuordnen.

Fiona holte hörbar Luft und sprach weiter: »Ich habe unter der Trennung am Anfang ziemlich gelitten und viel geheult. Meine Mutter wusste sich wahrscheinlich kaum noch zu helfen und redete mir irgendwann ein, dass es besser sei, wenn ich den Kontakt abbreche und gar nicht mehr an dich denke. Versteh mich nicht falsch, sie hatte dich immer sehr gern und wird sich vermutlich freuen, wenn sie erfährt, dass wir uns wiederbegegnet sind. Aber damals war es ihrer Meinung nach wohl das einzig Richtige, alle Verbindungen hierher zu kappen.« Sie schluckte. »Und ich habe auf sie gehört.« Mit einer ruckartigen Bewegung stand sie auf und ging zum Fenster, um hinauszublicken.

Michael betrachtete ihren Rücken, die hochgezogenen Schultern, sagte jedoch nichts. Er hatte eine Ahnung, dass sie noch mehr zu sagen hatte.

Ohne sich zu ihm umzudrehen, fuhr sie fort: »Ich habe mir eingeredet, dass es für uns beide besser sei, wenn ich mich nicht mehr melde. Und es hat mir auch in gewisser Weise geholfen. Ich konnte wieder durchatmen, mich neuen Freundschaften öffnen.« Nun drehte sie sich doch wieder um. Ihre Miene wirkte gequält. »Es ging mir besser ohne den Kontakt zu dir. Aber ich hatte ein schlechtes Gewissen. Habe es immer noch. Du warst mein bester Freund, und ich wusste, ich hatte dich im Stich gelassen. Deshalb habe ich mich auch nicht bei dir gemeldet, als ich wieder hierher gezogen bin.«

Einen Moment lang schwieg Michael. Als Fiona sich wieder zum Fenster umdrehte, erhob er sich rasch und ging zu ihr. Vorsichtig legte er ihr die Hände auf die Schultern und drehte sie zu sich herum. »Fiona, wir waren noch Kinder.«

»Ich weiß, aber trotzdem …«

»Es hätte tausend Gründe geben können, einander aus den Augen zu verlieren.«

»Vielleicht …«

»Glaubst du wirklich, ich nehme es dir heute noch übel, dass du das einzig Vernünftige getan hast?«

»Vernünftig?« Verwirrt schaute sie zu ihm auf.

Er lächelte leicht. »Ja, sicher. So eine Fernfreundschaft ist schon unter den besten Bedingungen schwierig. Wir waren gerade zehn Jahre alt, als ihr weggezogen seid. Dein Vater hat damals diesen Posten als Diplomat erhalten. Wie oft seid ihr danach noch umgezogen?«

»Ich weiß es nicht mehr.« Sie hob die Schultern. »Wir waren auch oft im Ausland.«

»Siehst du, da wäre es früher oder später sowieso zu einem Bruch gekommen.«

»Glaubst du?«

Ungeachtet ihrer etwas starren Haltung trat er näher an sie heran. »Ja, spätestens im Teenageralter wäre die Sache schiefgegangen.« Er schmunzelte. »Einem von Hormonen beherrschten Halbwüchsigen wäre es sicherlich schwergefallen, seiner Sandkastenliebe regelmäßig Briefe zu schreiben – oder überhaupt.« Vorsichtig zog er sie ein wenig an sich. »Du hast also nur beschleunigt, was die Zeit wahrscheinlich früher oder später sowieso mit sich gebracht hätte.«

»Wahrscheinlich?«, fragte sie etwas atemlos.

Lächelnd blickte er ihr in die Augen. »Ziemlich wahrscheinlich. Das muss ja nicht bedeuten, dass wir es beide nicht bedauert hätten.« Er schwieg kurz. »Nimmst du es mir übel, dass ich mich nicht bei dir gemeldet habe, obwohl ich deine Adresse herausgefunden hatte?«

»Nein, natürlich nicht!«, rief sie. »Obwohl ich mich wahrscheinlich sehr gefreut hätte, von dir zu hören.«

»Wahrscheinlich?« Er zwinkerte ihr zu. »Ich glaube, es ist besser, so wie es jetzt ist. Damals hätte ich vielleicht …«

»Was?« Neugierig sah sie ihm in die Augen.

Er verspürte einen Anflug von Verlegenheit, hielt ihrem Blick jedoch stand. »Es klingt vielleicht verrückt, aber ich glaube, ich war irgendwie eifersüchtig auf den Typ, mit dem der Detektiv dich fotografiert hatte. So ein großer, blonder …«

»Das muss André gewesen sein«, sagte Fiona. »Ich war

während des Studiums eine Weile mir ihm zusammen.« Sie stockte. »Eifersüchtig?«

»Verrückt, das sagte ich doch.« Er versuchte es abzutun, merkte aber, dass sein Lächeln unecht wirkte. Er sah es an ihrem skeptischen Blick. »In meinem Kopf warst du trotz der langen Trennung irgendwie immer noch meine Fiona.«

»Deine …?«

Er nickte. »Ja, meine. Du warst nicht nur meine beste Freundin. Ich habe dich geliebt, wie man einen Menschen nur lieben kann. Das war vermutlich auch der Grund, weshalb meine Eltern dich immer akzeptiert haben, obwohl sie sonst auf romantische Bindungen wenig Wert legen. Sie wussten, dass du ein Teil von mir warst.« Er zog Fiona in seine Arme. »Ich habe dich sehr vermisst. Aber vielleicht war es ganz gut, dass wir uns so lange aus den Augen verloren haben, denn wenn es nicht so gewesen wäre, würde mir heute vielleicht nicht mal im Traum einfallen, mich in dich zu verlieben.«

»Verlieben?« Ihre Augen wurden groß, ihre Stimme schwankte leicht. Michael sah, wie sie schluckte.

»Ja, und damit meine ich nicht die kindliche Liebe zu meinem siamesischen Zwilling.« Er näherte sich ihrem Gesicht und spürte, wie sein ohnehin beschleunigter Herzschlag sich noch mehr verstärkte.

Fiona wich nicht zurück, aber er konnte fühlen, wie sie sich leicht anspannte. »Michael, das ist …«

»Ich weiß.« Seine Lippen waren nur noch wenige Zentimeter von ihren entfernt.

»Nein, ich meine, wir können nicht einfach …«

»Uns verlieben?«

»Nein. Ich meine ja, ich meine …«

Ehe sie weitersprechen konnte, verschloss er ihre Lippen mit einem sanften Kuss.

11.
Kapitel

Als sie Michaels Lippen auf den ihren spürte, durchfuhr sie etwas wie ein leichter Stromschlag. Ihr Herz setzte einmal aus und dann in doppelter Geschwindigkeit wieder ein. Die Berührung war sanft, beinahe federleicht. Sie hatte unwillkürlich die Augen geschlossen, spürte, wie er verharrte und auf ihre Reaktion wartete. Sie versuchte, sich zu entscheiden, was das Richtige war, doch ihr Kopf sagte etwas anderes als ihr Bauch. Letzterer übernahm schließlich ohne weiteres Zutun die Führung. Sie erwiderte den Druck seiner Lippen und fühlte sogleich seine Reaktion. Er zog sie noch fester an sich, ließ seinen Mund in einer Weise über ihren wandern, die sie ganz schwindlig machte. Seine rechte Hand strich über ihren Rücken bis hinauf in ihren Nacken; seine Fingerspitzen liebkosten die Haut gleich unterhalb ihres Haaransatzes. Eine wohlige Gänsehaut breitete sich auf ihrem Körper aus.

Als er den Druck seiner Lippen noch einmal verstärkte, rang sie nach Atem. Sofort nutzte er die Gelegenheit und strich mit der Zungenspitze forschend über ihre Unterlippe. Als sich ihre Zungenspitzen berührten, fühlte es sich für Fiona an, als schlösse sich ein Kreis, ähnlich einem Stromkreislauf, der bis dahin unterbrochen gewesen war. In ihrem Kopf schien sich plötzlich alles zu drehen. Sie nahm überdeutlich die gefährlich erregende Flamme der Leidenschaft wahr, die zwischen ihnen hochzüngelte.

Verzweifelt versuchte sie sich daran zu erinnern, weshalb sie dies unbedingt verhindern musste. Als es ihr endlich einfiel, brachte sie es nur mit Mühe fertig, ihren Mund von seinem zu lösen und ihn ein wenig von sich zu schieben. Atemlos sahen sie einander an. Michaels sonst so strahlend blaue Augen hatten sich verdunkelt. Schon beugte er sich erneut vor, um ihre Lippen noch einmal zu erobern, doch sie wich ihm aus.

»Nein«, brachte sie mit kratziger Stimme hervor. »Nicht, Michael, das sollten wir nicht tun.«

»Warum nicht?« Auch seine Stimme klang rau und dunkel. Forschend wanderte sein Blick über ihr Gesicht und verursachte ihr erneut eine Gänsehaut.

Sie atmete leicht zitternd ein. »Du bist verlobt, Michael!«

»Bin ich das? Das ist mir neu.«

»Na gut, fast verlobt. So etwas tue ich nicht. Ich nehme anderen Frauen nicht den Mann weg für ein Abenteuer, das zu nichts führt.«

Abrupt ließ Michael sie los und fuhr sich mit gespreizten Fingern durch sein schwarzes Haar. Dann sah er sie wieder an. »Man kann jemandem nur etwas wegnehmen, das er auch besitzt«, sagte er. »Ich liebe Linda nicht.«

Fiona starrte ihn für einen Moment an, dann machte sie einen Schritt rückwärts, um aus seiner direkten Reichweite zu entkommen. »Dann bist du tatsächlich nicht besser als dein Ruf, denn sie liebt dich ganz bestimmt. Warum bist du mit ihr zusammen, wenn dir nichts an ihr liegt?« Ihre Stimme hatte von Wort zu Wort an Schärfe gewonnen. Zornig verschränkte sie die Arme vor dem Körper.

Er stieß einen frustrierten Laut aus. »Ich sage ja nicht, dass mir nichts an ihr liegt. Linda ist eine …« Er suchte nach einer Beschreibung, doch ihm schien keine einzufallen. »Unsere Familien würden eine Verbindung begrüßen, nicht mehr und nicht weniger. Ich bin eine Zeitlang mit ihr ausgegangen, und daraus hat sich eine Beziehung entwickelt. Mag sein … nein, ganz sicher ist es richtig, dass es nicht fair ihr gegenüber ist. Obgleich ich nicht vollkommen sicher bin, dass du in allen Punkten recht hast. Linda ist keine romantische Person und möglicherweise ebenso wenig gefühlsmäßig involviert wie ich.«

»Das ist ja abscheulich!«, stieß Fiona entsetzt aus. »Redest du dir das bei allen Frauen ein, die du verführst?« Sie wandte sich ab und wollte aus dem Zimmer laufen, doch er hielt sie am Arm fest und zog sie so heftig zu sich herum, dass sie gegen ihn prallte.

»Fiona, ich rede mir überhaupt nichts ein«, sagte er nun ebenfalls verärgert. »Ich kenne Linda länger als du und kann sie wohl ein bisschen besser einschätzen, meinst du nicht? Was glaubst du, warum meine Eltern so scharf darauf sind, dass ich sie heirate?« Er schob grimmig das Kinn vor. »Ganz sicher nicht aus romantischen Erwägungen, sondern weil wir ein attraktives Paar sind und sie das nötige Kleingeld und die passende Familie mitbringt. Noch dazu arbeitet sie in unserer Firma – was könnte praktischer sein? Mehr steckt nicht dahinter. Natürlich kannst du mir zum Vorwurf machen, dass ich dieses Spiel mitspiele – oder mitgespielt habe. Das Arrangement war bequem für alle Seiten. Außerdem konnte ich doch nicht ahnen, dass ich dir so plötzlich wiederbegegnen würde.« Er hielt inne, und seine Miene entspannte sich ein wenig. »Noch weniger konnte ich wissen, was diese Begegnung mit mir anstellen würde.« Er zog sie trotz ihres Widerstands wieder an sich. »Mit uns«, raunte er und näherte sich wieder ihrem Gesicht.

»Das mag ja sein«, erwiderte Fiona mit klopfendem Herzen. »Aber das gibt dir noch nicht das Recht …«

Er lächelte. »Fiona, glaub mir, wenn ich es gewusst hätte, wäre die Geschichte mit Linda schon längst beendet gewesen. Aber«, er atmete tief durch, »das lässt sich ja nachholen.«

Ehe sie antworten konnte, lagen seine Lippen erneut auf ihrem Mund. Diesmal flammte die Leidenschaft zwischen ihnen sofort wieder auf. Fiona konnte sich des Sogs nicht erwehren, in den er sie hineinzog. Als er den Kuss vertiefte und mit seiner Zunge erst über ihre Unterlippe, dann über ihre Zähne und schließlich sogar neckend über ihren Gaumen strich, hatte sie das Gefühl, in einem Feuerstrahl zu vergehen. Doch da brach er die Verbindung auch schon wieder, wenn auch sichtlich widerstrebend. Sie waren beide außer Atem und brauchten einen Moment, um sich zu fangen.

»Eines muss ich noch klarstellen, damit wir einander richtig verstehen«, sagte er heiser und atemlos. »Hier geht es nicht um ein einfaches Abenteuer und schon gar nicht um eines, das zu nichts führt.«

»Ach nein?« In Fiona kribbelte es, als habe sich eine Armee Ameisen auf den Weg durch ihre Adern gemacht.

»Nein. Aber ich sehe schon, dass du mir nicht glaubst, solange ich dir keine Beweise liefere.« Er gab ihr einen raschen Kuss und ließ sie dann los, ergriff stattdessen ihre Hände. »Wenn du mich lässt.«

Entschuldigt bitte, Leute. Ich unterbreche euch ja nur ungern, aber ich müsste unbedingt mal raus. Das ganze Wasser, das ich vorhin getrunken habe … Ihr wisst schon. Bitte, bitte, ich muss schon arg einhalten.

Fiona und Michael blickten gleichzeitig auf den leise jaulenden Welpen hinab. Als Keks merkte, dass sie die Aufmerksamkeit der beiden auf sich gezogen hatte, sprang sie auf und stupste beide fiepend mit der Nase an und lief ein paar Schritte in Richtung Tür. Auffordernd sah sie Michael an.

»Ich glaube, die Kleine muss raus«, sagte er seufzend. »Das ist dann wohl mein Stichwort.«

»Soll ich euch wirklich nicht nach Hause fahren?«, bot Fiona an, obwohl sie nicht ganz sicher war, ob das eine so gute Idee war. Nicht nach dem, was eben zwischen ihnen vorgegangen war.

»Danke, aber ich glaube, es ist besser, wenn ich zu Fuß gehe«, lehnte Michael ab. »Ich muss ein bisschen nachdenken und einen klaren Kopf kriegen.« Er zwinkerte ihr zu und ging in den Flur, um seinen Mantel anzuziehen und Keks das Geschirr mit der Leine anzulegen. »Ich melde mich bei dir, sobald ich die … Sache mit Linda geklärt habe.«

»Bist du sicher, dass du das Richtige tust?« Fiona fühlte sich nicht wohl in ihrer Haut. Noch nie hatte ein Mann seine Freundin wegen ihr verlassen. Schon gar nicht ein Mann wie Michael Sahler. Sie wusste nicht, wie sie damit umgehen sollte.

»Ganz sicher«, antwortete er ruhig. »Was soll ich wohl sonst tun? Ich möchte gerne Zeit mit dir verbringen. Und wie du neulich schon ganz richtig festgestellt hast: Ich gehe nicht mit zwei Frauen gleichzeitig aus. Von allem Übrigen ganz zu schweigen.«

12. Kapitel

»Na, das ging doch einfacher als gedacht«, sagte Santa Claus mit einem triumphierenden Lächeln zu seiner Frau. Sie standen beide vor der mittlerweile wieder enthüllten Videowand und beobachteten, was sich auf der Erde – speziell in der kleinen Stadt, in der Michael und Fiona lebten – alles tat. »Gibst du jetzt endlich zu, dass es eine gute Idee war, Michael den kleinen Hund zu schicken und ihn wieder mit Fiona zu vereinen?«

Seine Frau hob die Schultern. »Na ja, es sieht zumindest aus, als sei alles in Ordnung«, bestätigte sie zögernd.

»Komm schon, die beiden haben sich in der vergangenen Woche dreimal getroffen, sind essen und mit dem Hund spazieren gegangen.« Der Weihnachtsmann lächelte breit. »Da bahnt sich etwas an, ich kann es geradezu spüren. Das Knistern zwischen den beiden kann man doch regelrecht hören und sehen.«

»Das mag ja sein«, sagte seine Frau noch immer ein wenig skeptisch. »Ich hoffe bloß, es kommt nichts dazwischen.«

»Was soll denn dazwischen kommen?«, fragte Santa erstaunt. »Selbst diese Linda scheint die Trennung gut verwunden zu haben. Wenn du mich fragst, ist sie gar nicht in Michael verliebt gewesen.«

»Nicht? Sie war aber ziemlich wütend, als er letzten Samstag bei ihr vor der Tür stand, um ihr zu sagen, dass es aus ist«, warf Elf-Eins ein, der gerade zur Tür hereinkam. Der dienstälteste Elf hatte die Oberaufsicht in der Geschenkfabrik inne, und deshalb war er auch ins Büro gekommen. »Santa, die Förderbänder stehen still. Irgendwo ist ein Defekt in der Software, aber Elf-Dreizehn ist nicht da, weil er gerade eine Inspektionsfahrt mit deinem Schlitten macht.«

»Ach du liebe Zeit!«, rief Santa erschrocken. »Habt ihr ihn nicht angefunkt?«

»Doch, natürlich. Aber er wird noch eine Weile brauchen, bis er wieder hier ist. Was sollen wir denn in der Zwischenzeit machen?«

»Frag mal Elf-Drei, der kennt sich doch auch ein bisschen mit Computern aus«, riet Santa. »Vielleicht kann er das Problem lösen.«

»Elf-Drei hat mich ja zu dir geschickt«, antwortete Elf-Eins. »Er weiß auch nicht weiter.«

»Na gut, na gut, ich komme. Obwohl ich von der Technik keine Ahnung habe, das wisst ihr genau!«, brummelte der Weihnachtsmann und warf einen letzten Blick auf den Bildschirm, auf dem gerade Michael zu sehen war, der eine Lichterkette an seinen Wohnzimmerfenstern montierte. »Wenigstens dort geht alles glatt«, murmelte er halb zufrieden, halb besorgt, weil jede Verzögerung in der Geschenkfabrik die Elfen in ihrem straffen Zeitplan zurückwarf. Dann folgte er Elf-Eins, um sich das neueste Malheur anzusehen.

13. Kapitel

»Diese Hundekuchen solltest du vermarkten«, befand Tessa und hielt ihrem Jack-Russel-Mischling Ruprecht einen der Hundekekse hin. Er nahm ihn vorsichtig und verschlang ihn dann mit einem Bissen. »Die scheinen ja unheimlich gut zu schmecken.«

»Allerdings«, stimmte Tom lachend zu. »Ruprecht ist zwar nicht der Wählerischste, was Futter angeht, aber so verrückt war er bisher noch auf kein Leckerchen.« Er wandte sich an Michael, der neben Fiona mit ihnen am großen Esstisch im Hause Winkmann saß. Sie hatten den zweiten Advent mit einem gemütlichen Beisammensein zum Nachmittagskaffee gefeiert. »Wäre das nicht was für euch, Micha? Ihr stellt doch auch lauter ökologisches Hundefutter und so her. Tessa blättert ein halbes Vermögen dafür hin, aber Ruprecht scheint es zu mögen, und er sah noch nie so gut und gesund aus.«

»Gutes Futter hat eben seinen Preis.« Michael grinste. »Aber ich nehme doch mal an, dass ihr deshalb nicht gerade am Hungertuch nagen müsst.« Bedeutsam blickte er sich in dem weitläufigen Wohn-Esszimmer um. Tom Winkmann war ein ehemaliger Fußballprofi, der inzwischen als Sportlehrer am Gymnasium arbeitete und nebenher die Teams des städtischen Fußballclubs trainierte. Sein Haus stand in Größe und Ausstattung dem von Michael in keiner Weise nach. Die großen Fenster waren mit Lichterketten und Strohsternen dekoriert, und auf dem Esstisch stand ein großer Adventskranz mit dicken roten Kerzen, von denen zwei fröhlich flackerten. Im ganzen Haus duftete es nach Tannengrün und Zimtsternen. Aus versteckten Lautsprechern erklang leise Weihnachtsmusik.

Tessa schmunzelte. »Nein, bestimmt nicht. Aber deshalb müssen wir das Geld ja nicht wahllos für irgendwelchen Firlefanz zum Fenster hinauswerfen.«

»Also bitte!« Michael tat beleidigt. »Unsere Produkte als Firlefanz zu bezeichnen, grenzt ja schon an Frechheit!«

Sie lachten.

»So war es ja auch nicht gemeint«, kicherte Tessa, dann blickte sie auf die Uhr. »Ich glaube, ich sollte allmählich mal bei Leon anrufen und ihn daran erinnern, dass er Lukas nach Hause schickt. Wir wollen heute Abend noch alle zusammen ins Kino gehen.«

»Das dürfte unser Stichwort sein«, meinte Fiona lächelnd und erhob sich.

»Aber nicht doch! Ich wollte euch nicht rauswerfen«, rief Tessa erschrocken.

»So habe ich es auch nicht aufgefasst«, antwortete Fiona lächelnd. »Aber es ist ja schon lange dunkel. Ich sollte mich langsam auf den Heimweg machen.«

»Ganz abgesehen davon, dass Keks mal wieder raus muss«, ergänzte Michael. »Ein guter Grund, dich zu begleiten.«

Er blinzelte Fiona zu.

»Das brauchst du doch nicht!«, wehrte sie verlegen ab. »Ich finde den Weg schon allein.«

»Das glaube ich dir gerne«, sagte er. »Aber ich bin nun mal ein verdammter Gentleman.«

»Tja, dann wünsche ich euch Turteltauben einen netten Heimweg«, konstatierte Tom mit einem breiten Grinsen.

»Oh, ähm, wir sind aber nicht …« Fiona wurde rot. »Ich meine …«

»Ach, komm schon.« Tessa stieß sie freundschaftlich an. »Uns braucht ihr nichts vorzumachen. Wir freuen uns doch für euch.«

»Wenigstens zwei, die sich freuen«, brummelte Michael.

»Warum das denn?«, fragte Tom erstaunt.

Michael zuckte die Achseln, lächelte dann aber. »Fiona

ist noch immer der Ansicht, sie müsse sich in der Öffentlichkeit zurückhalten und unsere Beziehung geheim halten.«

»Beziehung?«, echote sie.

»Ja, wie willst du es denn sonst nennen?« Er ließ ihr den Vortritt und folgte ihr dann in den Flur, wo er ihr galant in den Mantel half. Dabei raunte er ihr zu: »Und komm mir nicht wieder mit Abenteuer. Das hatten wir schon.«

Fiona wickelte sich ihren Schal um und zupfte daran herum. »Ich meine ja nur, dass wir nicht gleich an die große Glocke hängen sollten, dass wir ...« Sie zögerte.

»Dass ihr was?«, hakte Tessa neugierig nach.

»Hin und wieder miteinander ausgehen«, vollendete Fiona den Satz und griff rasch nach der Leine, um Keks das Geschirr anzulegen.

»Mhm.« Michael hob unauffällig die Hand, um Tessa davon abzuhalten, weiter in Fiona zu dringen. »Wir sind ein bisschen empfindlich wegen meines schlechten Rufs.«

Tessa unterdrückte ein Kichern. »Okay, ich verstehe.«

»Ich bin nicht empfindlich!«, protestierte Fiona. »Ich will nur nicht ...«

»Dass du in der Klatschspalte landest«, ergänzte Michael und wurde ernst. »Das möchte ich auch nicht. Und wenn es nach mir geht, wird das auch nicht geschehen. Und wenn, dann nur verbunden mit äußerst guten Nachrichten.«

»Die da wären?«, wollte Tom neugierig wissen.

Doch Michael hob nur die Schultern. »Das werden wir noch sehen.«

Seid ihr jetzt mal langsam fertig? Ich muss mal und finde, wir sollten uns ein bisschen beeilen. Außerdem kann ich riechen, dass es Schnee gibt. Ruprecht hat das vorhin auch schon gesagt. Er ist ein echt guter Kumpel. Ich mag ihn, auch wenn er jetzt schon kleiner ist als ich. Na ja, ich bin ja auch ein Labrador. Aber mit ihm zu spielen macht riesigen Spaß. Wir sollten öfter herkommen.

Keks fiepte und bellte dann verhalten, aber dennoch auffordernd und signalisierte damit, dass es Zeit zum Aufbruch war.

Fiona erhob sich aus ihrer gebückten Stellung. »Keks muss wirklich mal raus.«

Michael lachte. »Meine neue Herrin hat gesprochen.« Er zwinkerte Fiona zu. »Nein, mein Schatz, dich habe ich damit nicht gemeint.«

Tessa und Tom fielen in sein Lachen mit ein, und schließlich konnte sich auch Fiona ein Schmunzeln nicht verkneifen. Sie verabredeten noch, sich bald in gleicher Runde wiederzutreffen, vielleicht das nächste Mal bei Michael, dann verließen sie das Anwesen der Winkmanns. Auf der Straße blieb Fiona unschlüssig stehen. »Ja, dann … ich denke, ich gehe mal Richtung Stadt.« Da Michaels Haus etwa dreihundert Meter in der entgegengesetzten Richtung lag, ging sie davon aus, dass sich ihre Wege hier für heute trennen würden. Doch er hielt sie am Arm fest.

»Hast du heute Abend schon etwas vor?«

Sie zögerte. »Nicht direkt …«

»Aber indirekt?« Fragend hob er die Augenbrauen.

»Ich wollte mir *Eine schöne Bescherung* mit Chevy Chase auf DVD ansehen. Das mache ich schon seit Jahren mindestens einmal im Advent.«

»Sag bloß!« Michael lachte. »Einer meiner Lieblingsfilme. Wenn du magst, könnten wir uns den auch bei mir zu Hause gemeinsam ansehen.« In seine Augen trat ein schelmisches Funkeln. »Übergroßer Fernseher, ein super Bild, sage ich dir! Ich kann uns sogar ganz frisches Popcorn zubereiten. Salzig oder süß, ganz wie du möchtest. Und nicht dieses luftgepoppte Zeug. Richtig leckeres Kino-Popcorn. Dafür habe ich mir extra eine Maschine zugelegt.«

Fiona zögerte. »Das hört sich ja verlockend an, aber ich weiß nicht, ob …«

»Komm schon, womit kann ich dich denn noch locken?« Er überlegte. »Wie wäre es mit Pizza? Ich kenne da einen Italiener, der liefert Sachen, die jede Sünde wert sind. Pasta übrigens auch. Den Tipp habe ich von Julia Rosenbaum, meiner Steuerberaterin. Sie sagt, sie habe sich praktisch über Luigis Pizza in ihren Mann verliebt.«

Fiona konnte sich ein Lächeln nicht verkneifen. »Na, das ist mal eine Empfehlung.« Sie atmete tief durch. »Also gut, warum nicht?«

14.
Kapitel

»Weißt du was?« Michael lehnte sich, seinen Teller mit einem Stück Pizza in der Hand, auf seiner Couch zurück. »Die Idee, die Tom da hatte, ist vielleicht gar nicht so schlecht.«

Fiona, die gerade an einem Stück Pizza kaute, schluckte erst, bevor sie fragte: »Was für eine Idee meinst du?«

»Na, wegen deiner Hundekekse. Die Rezeptur scheint ja ein Renner zu sein. Wenn du sie mir verrätst, könnte ich unsere Forschungsabteilung testen lassen, ob sie sich für eine Produktlinie eignet.« Überrascht setzte er sich wieder auf, als sich Fiona abrupt erhob und ein paar Schritte von der Couch weglief. »Stimmt etwas nicht?«

Er sah, wie sie fahrig ihr Haar hinter ihr Ohr strich und dann ihren Teller auf dem Couchtisch abstellte. »Das meinst du doch nicht ernst, oder?«

Auch er stellte seinen Teller beiseite. »Warum sollte ich einen Scherz machen? Wir sind ein innovatives Unternehmen, also auch durchaus offen für Neues. Man könnte die Markttauglichkeit erst einmal im kleinen Rahmen testen.« Er erhob sich ebenfalls und trat einen Schritt auf sie zu. »Aber wenn es dir nicht recht ist …«

»Nein, das ist es nicht.« Fiona suchte nach Worten.« Ich habe nichts gesagt, weil …« Verzagt hob sie die Schultern. »Ich wollte nicht, dass du die Sache in den falschen Hals bekommst.«

»Was für eine Sache?« Er verstand nur Bahnhof.

Verlegen knabberte sie an ihrer Unterlippe, setzte sich wieder. Rasch nahm er neben ihr Platz. Sie strich erneut eine Haarsträhne hinter ihr Ohr. »Weißt du, als ich hierher zog, da habe ich mich ja nicht gleich bei dir gemeldet … und ich habe dir auch gesagt warum.«

»Mhm.« Er nickte ermunternd.

»Also, na ja, da gibt es noch einen Grund, den ich dir bisher verschwiegen habe.«

»Und der wäre?«

»Ich wollte deiner Firma das Rezept für die Hundekekse anbieten, als ich hierherzog, aber dann habe ich mich doch nicht getraut. Und nachdem wir uns wiederbegegnet waren, konnte ich es erst recht nicht.«

»Warum nicht?«

Sie seufzte. »Ja, verstehst du denn nicht? Wie hätte das denn ausgesehen? Ich tauche nach zwanzig Jahren hier auf und komme dir gleich mit einer solchen Anfrage? Das wäre doch …«

Michael lachte. »Du meinst, ich könnte glauben, du wärest nur deshalb hier?«

»Das ist nicht witzig!«

»Doch, ist es.« Er umfasste ihren Arm und zog sie näher zu sich heran. »Fiona, eins weiß ich sicher, du bist keine gute Schauspielerin – oder ich müsste mich schon sehr täuschen. Mir wäre also ganz sicher nicht in den Sinn gekommen, dass du nur in die Stadt zurückgekehrt bist, um mich auszunutzen. Das ist es doch, was du befürchtet hast?«

»Ja.«

»Nun, dann kannst du ja jetzt beruhigt sein. Ganz abgesehen davon, dass man solche Schachzüge wohl eher mir zurechnet, oder? Vielleicht nicht zu Unrecht. Ich habe schon den einen oder anderen unliebsamen Konkurrenten ausgebootet – ganz legal natürlich.« Er zwinkerte ihr zu.

»Das ist etwas anderes«, befand Fiona. »Du führst ja schließlich das Unternehmen, und das ist bestimmt nicht einfach.« Sie stockte. »Wie hast du denn diese Konkurrenten ausgebootet?«

Er grinste nur. »Glaub mir, das willst du gar nicht so genau wissen.«

»Natürlich will ich das.«

»Dann ein andermal. Ich dachte, wir wollten den Abend

genießen und uns amüsieren.« Er zog sie ganz in seine Arme und küsste sie.

Fiona reagierte erst zurückhaltend, erwiderte den Druck seiner Lippen schließlich dann aber. Sein Blut geriet in Wallung, und er löste sich widerstrebend wieder von ihr. Wenn er nichts überstürzten wollte – und das war bei Fiona sicher angebracht, musste er seine Hormone unter Kontrolle halten. Deshalb griff er wieder nach seinem Teller und mit der anderen Hand nach der Fernbedienung. »Ich denke, wir sollten uns jetzt auf den Film konzentrieren.« Er blinzelte ihr zu. »Und morgen schickst du mir das Rezept per Email ins Büro.«

»Michael, kann ich dich einen Moment sprechen?« Georg Sahler betrat das Büro seines Sohnes, ohne anzuklopfen.

Keks, die auf ihrem Kissen lag und döste, hob den Kopf und musterte den Besucher. Da sie mit Michaels Vater jedoch bereits Bekanntschaft geschlossen hatte, hielt sie es nicht weiter für notwendig, sich bemerkbar zu machen. Der große, breitschultrige Mann ähnelte Michael äußerlich sehr, war jedoch ruhiger und wesentlich unnahbarer. Sie konnte sich noch nicht entscheiden, ob sie ihn mochte oder nur tolerierte.

Michael hob den Blick von dem Jahresbericht, der ihm bereits am frühen Morgen auf den Schreibtisch geflattert war. Gelesen hatte er ihn allerdings noch nicht, weil seine Gedanken ständig zum Vorabend zurückwanderten. Schon seit einer Ewigkeit hatte er sich nicht mehr so wohlgefühlt wie in Fionas Gegenwart. Sie hatten gemeinsam den Film genossen und viel gelacht. Natürlich waren sie sich dabei auch noch einmal näher gekommen, aber er hatte absichtlich ein wenig auf die Bremse getreten. Er wollte sein Glück nicht herausfordern. Da es im Laufe des Abends zu schneien begonnen hatte, war Fiona über Nacht geblieben, hatte jedoch in seinem Gästezimmer geschlafen. Er hatte ihr dieses Arrangement selbst vorgeschlagen, um ihr zu zeigen, dass er nicht darauf aus war, einen schnellen Punktsieg bei ihr zu landen, wie er es insgeheim immer genannt hatte. Tatsächlich war sie die einzige Frau – abgesehen von einigen Verwandten –, die jemals in seinem Gästezimmer übernachtet hatte. Ein Umstand, den er ihr allerdings lieber verschwieg, obwohl sie es sich wahrscheinlich denken konnte. Heute früh hatte er sie mit seinem Wagen bis zu ihrer Wohnung mitgenommen und war dann mit Keks weiter in die Firma gefahren.

Wie besprochen hatte sie ihm schon eine Stunde später die Rezeptur ihrer Hundekuchen zugemailt, die er mit einem entsprechenden Memo direkt an die Forschungsabteilung weitergeleitet hatte. Er hoffte, schon bald erste Ergebnisse vorliegen zu haben, denn er hatte der Angelegenheit oberste Priorität gegeben. Linda hatte sich zwar beschwert, aber wozu war er schließlich Juniorchef, wenn er nicht einmal einen solchen Auftrag geben konnte?

»Worum geht es denn?«, fragte er und wartete, bis sein Vater sich ihm gegenüber in einen der Besuchersessel gesetzt hatte.

Georg Sahler saß aufrecht und trug die ihm typische ernste Miene zur Schau. »Kannst du mir sagen, warum Linda es für notwendig befindet, sich bei mir zu beschweren, weil du ihr einen Testauftrag geschickt hast, der allen anderen derzeitigen Arbeiten vorgezogen werden soll? Du weißt, dass wir die neuen Melassezusätze beim Vogelfutter bis Ende des Monats durchgetestet haben müssen. Ganz zu schweigen von den anhaltenden Schwierigkeiten mit den Verunreinigungen bei der Kolbenhirse. Was ist das für ein Produkt, das du da angeschleppt hast? Hundekekse? Haben wir davon nicht schon drei Sorten im Programm?«

»Ja, haben wir, Vater. Aber diese Rezeptur ist ganz neu – oder besser gesagt anders. Fiona stellt sie schon eine Weile selbst her für ihre Praxis und …«

»Fiona?«, unterbrach Georg ihn mit gerunzelter Stirn. »Wer ist das?«

»Fiona Maier«, bestätigte Michael.

Georg sah ihn erstaunt an. »Etwa die Fiona Maier von damals? Ich dachte, die ist ins Ausland gegangen.«

»Sie lebt seit ein paar Monaten wieder in der Stadt«, korrigierte Michael. »In der Rosenstraße führt sie eine Tierarztpraxis.«

»Ach. Jetzt verstehe ich.« Nachdenklich kräuselte Georg die Lippen.

Michael horchte auf. »Was verstehst du erst jetzt?«

»Weshalb Linda so sauer ist.« Georg verschränkte die Hände ineinander. »Hör mal, Junge, ich will mich ja nicht in deine Privatangelegenheiten einmischen …«

»Oh? Seit wann?«

Auf diesen Einwurf ging Georg nicht ein. »Aber ich finde, du solltest allmählich aufhören, dich von deinen Launen leiten zu lassen. Wenn ich Lindas Kommentare recht einschätze, hast du sie offenbar wegen dieser Fiona abserviert. Ist das korrekt?«

Michael verschränkte die Arme auf seinem Schreibtisch. »Also abserviert würde ich es nicht nennen. Ich habe die Beziehung beendet.«

»Hältst du das für vernünftig? Ihr wart seit fast anderthalb Jahren ein Paar. Wegen eines kleinen Abenteuers oder Seitensprungs zerstört man nicht gleich eine gute Partnerschaft.«

»Ach ja?« Michael zog die Augenbrauen zusammen. »Es ist aber kein einfacher Seitensprung. Und selbst wenn es einer wäre – hast du jemals von mir gehört, dass ich mit zwei Frauen gleichzeitig zusammen gewesen wäre?« Er schüttelte verärgert den Kopf. »Das ist nicht mein Stil, Vater. Denn es wäre respektlos den Frauen gegenüber.«

Georg hob die Schultern. »Also gut, da will ich dir nicht widersprechen. Aber du weißt genau, dass wir in Bälde deine Verlobung mit Linda erwartet haben. Sie hat fest damit gerechnet. Warum dieser plötzliche Sinneswandel?«

Michael löste seine Arme wieder voneinander und lehnte sich in seinem Stuhl zurück. »Weil mir klargeworden ist, dass ich Linda weder liebe noch bereit bin, mit ihr in dieser Zweckpartnerschaft zu verharren. Was für dich und Mama passt, muss auf mich doch nicht auch zutreffen, oder?«

»Du hast Linda sehr verletzt.«

Michael nickte leicht. »Wenn es so sein sollte, tut es mir leid.«

»Was, wenn es mit dieser Fiona nichts wird?«

Seufzend erhob sich Michael und trat ans Fenster, blickte auf die von einer dünnen Schneedecke verhüllten Fabrikanlagen und Lagerhallen ringsum. »Dann wäre das ganz allein mein Problem, Vater. Aber warum sollte es nichts werden? Ich liebe Fiona.«

»Du liebst sie?« Georg stand auf und trat neben ihn. »Ist das nicht ein bisschen starker Tobak? Bisher waren die Frauen, auf die du geflogen bist, auch nicht mehr als …« Er stockte, als Michael sich umdrehte und ihn ruhig ansah. Sichtlich verblüfft rieb er sich übers Kinn. »So, hm. Aha. Du meinst das ernst, ja?«

»Ich habe Fiona immer geliebt, und das weißt du.«

»Ihr wart noch Kinder damals. Seither sind über zwanzig Jahre vergangen.«

»Zeit spielt dabei keine Rolle, Vater. Das wüsstest du, wenn du jemals so etwas wie Liebe für jemanden empfunden hättest.« Michaels Ton war bitter geworden.

Georg hob den Kopf und musterte ihn schweigend. »Ich liebe deine Mutter, Michael.«

»Ja, sicher.« Michael winkte ab. »Ihr führt eine Musterehe.«

»Vielleicht zeigen wir es nicht so, wie du es dir in deiner jugendlichen Impulsivität vorstellst. Aber deine Mutter und ich sind sehr zufrieden miteinander.«

»Zufrieden, ja, aber auch glücklich?«

Georg zögerte, nickte dann aber. »In gewisser Weise kann man es wohl so nennen. Wir sind beide keine romantischen Persönlichkeiten; woher du diese Neigung hast, ist mir nicht ganz klar. Wir haben geheiratet, weil man es von uns erwartet hat. Aber das heißt nicht, dass wir es je bereut hätten.«

»Trotzdem ist das nicht der Weg, den ich gehen will«, erklärte Michael. »Mir ist damals das Herz gebrochen, als Fiona weggezogen ist.«

»Du warst noch ein kleiner Junge!«, rief Georg verärgert. »Wir waren froh, als diese Phase endlich vorbei war.«

»Diese Phase, wie du es nennst, war nie wirklich vorbei«, fuhrt Michael fort. »Und was die Rezeptur angeht: Ich will die Ergebnisse der Tests noch diese Woche haben. Wenn die Hundekekse für eine unserer ökologischen Produktlinien in Frage kommen, leite ich die Produktion einer Test-Charge ein und setze einen Vorvertrag für Fiona auf.«

»Hältst du es nicht für auffällig, dass sie gerade jetzt damit gekommen ist? Kann es sein, dass sie Geld riecht?«

Michael verdrehte die Augen. »Jetzt fang du nicht auch noch damit an, Vater! Hat Linda dir diesen Floh ins Ohr gesetzt?«

»Nein. Ich bin bloß misstrauisch.«

»Spar dir die Energie. Fiona ist keine Hochstaplerin.« Demonstrativ beugte Michael sich wieder über den Geschäftsbericht und ignorierte seinen Vater, der daraufhin mit einem skeptischen Blick das Büro verließ.

15.
Kapitel

Langsam steuerte Fiona ihren Wagen in Michaels Auffahrt und stellte den Motor ab. Keks auf dem Rücksitz winselte und zappelte wild herum, bis sie sie endlich von dem speziellen Hundesicherheitsgurt befreit und nach draußen gelassen hatte. Die kleine Hündin erleichterte sich unter einem mit Schnee bedeckten Busch, dann rannte sie bellend zur Haustür. Fiona folgte ihr und kramte dabei den Schlüssel aus ihrer Manteltasche, den Michael ihr gegeben hatte. Er hatte vor drei Tagen kurzfristig noch einmal nach Brüssel fahren müssen und hatte sie gebeten, sich so lange um Keks zu kümmern. Heute wollte er eigentlich zurück sein, doch weder sah sie Licht im Haus, noch waren frische Reifenspuren in der Auffahrt und vor der Garage. Also schien sich seine Rückkehr zu verzögern.

Fiona hatte Keks die letzten Tage in ihrer Wohnung in der Stadt behalten und ihr tagsüber einen Platz in der Praxis zugewiesen. Da Michael heute zurückkehren wollte, war sie gleich nach Ende der Sprechstunde hierher gekommen. Sie fühlte sich ein bisschen merkwürdig, allein sein Haus zu betreten. Keks schoss sofort in die Küche und bellte noch einmal auffordernd.

Komm Fiona, gib mir was zu fressen! Ich hab riesigen Hunger! Wo steckt denn nur Michael? Er ist schon so lange weg. Wenigstens sind wir jetzt wieder zu Hause. Das bedeutet, er kommt bald zurück, oder? Nun gib mir endlich was zu fressen, Fiona. Mein Magen knurrt schon ganz laut!

Fiona lachte, als sie das Licht in der Küche einschaltete. »Was war das denn, Keks? Hat da dein Magen geknurrt? Warte, ich gebe dir was zu fressen.«

Na endlich hast du es begriffen.

Nachdem sie die Näpfe der Hündin mit Futter und Wasser gefüllt hatte, ging Fiona hinüber ins Wohnzimmer und blickte sich unschlüssig um. Womit sollte sie sich nur beschäftigen? Schließlich schaltete sie zunächst einmal die festlichen Lichterketten an den Fenstern und draußen im Vorgarten ein, damit das Haus vorweihnachtlicher und heimeliger wirkte. Danach ging sie noch einmal in die Küche und stöberte in Kühl- und Vorratsschrank. Wenn sie schon mal hier war, konnte sie auch eine Kleinigkeit zu essen machen. Sie fand Nudeln, getrocknete Tomaten und sogar zwei frische Zucchini und Zwiebeln und beschloss, ein leichtes Pastagericht zuzubereiten. Während sie darauf wartete, dass das Wasser kochte, schnitt sie das Gemüse in Würfel.

Keks, die sich neben ihr zusammengerollt hatte, sprang plötzlich auf und rannte wild bellend zur Haustür.

Ich hab was gehört, Fiona! Da ist jemand, aber ich weiß nicht wer. Pass bloß auf, du da draußen! Hier wache ich, verstanden? Ich bin vielleicht noch klein, aber wenn du ein Einbrecher bist, kriegst du es mit mir zu tun, hörst du?

»Du liebe Zeit, Keks, was ist denn los?«, rief Fiona erschrocken und eilte in den Flur. »Hast du draußen etwas gehört?« Sie lauschte, doch außer dem wilden Bellen des Hundes war nichts zu hören. Kopfschüttelnd wollte sie schon wieder in die Küche zurückkehren, als sie ein leises Brummen wie von einem Automotor hörte. »Hey, Keks, das wird Michael sein. Hast du sein Auto gehört?« Beruhigend tätschelte sie den aufgeregten Welpen.

Nein, da ist nicht Michael. Da ist ein anderer Mensch. Ein Einbrecher, jemand, der hier nicht hingehört. Ich pass auf dich auf, Fiona. Ganz bestimmt!

»Komm, wir schauen mal, ob er das ist.« Fiona öffnete die Haustür und prallte zurück, als sie fast mit einer gepflegten blonden Frau zusammengestoßen wäre. Eine süßliche Parfümwolke umwehte sie. Keks schoss kläffend an ihr vorbei auf die Besucherin zu und sprang knurrend an ihr hoch.

»O Gott, Hilfe! Was ist denn jetzt los? Halten Sie den Hund fest, der ist ja verrückt geworden!«

»Entschuldigen Sie bitte vielmals! Keks, willst du wohl aufhören? Aus! Sitz!«

Keks ließ sich sofort auf ihr Hinterteil plumpsen.

Entschuldigung. Ich dachte, da wäre ein Einbrecher.

»Ich weiß wirklich nicht, was in sie gefahren ist«, entschuldigte Fiona sich noch einmal. »Sie ist sonst lammfromm. Ich glaube, sie dachte, Michael käme nach Hause, und hat Sie verwechselt.« Erst jetzt kam sie dazu, die Besucherin genauer anzusehen. »Frau Sahler!«, rief sie überrascht. »Jetzt erkenne ich Sie erst. Guten Abend.« Sie streckte die Hand aus. Kommen Sie doch herein!«

»Guten Abend.« Anna-Maria Sahler ergriff ihre Hand und schüttelte sie kurz, dann betrat sie das Haus. »Danke, dass Sie mich vor dem Hund gerettet haben. Ich kann noch immer nicht begreifen, dass Michael ihn behalten will. So was Unpraktisches und dann der ganze Dreck! Sie müssen Fiona Maier sein – Dr. Fiona Maier, nicht wahr?« An ihrer Stimme war nicht zu erkennen, ob sich Michaels Mutter über das Wiedersehen nach all den Jahren freute. »Wie ich sehe, haben Sie sich hier bereits häuslich eingerichtet«, sagte sie, nachdem sie einen Blick in die Küche geworfen hatte.

Stirnrunzelnd ging Fiona zum Herd und schüttete die Nudeln in das inzwischen kochende Wasser. »Nein, Frau Sahler, ganz und gar nicht. Ich habe nur Keks hergebracht und überlegt, dass es nett wäre, für Michael eine Kleinigkeit zu kochen. Er ist bestimmt hungrig und erschöpft, wenn er nach Hause kommt.«

»Haben Sie nicht selbst bis eben gearbeitet?« Anna-Maria sah ihr beim Kochen interessiert zu.

»Deshalb muss ich trotzdem etwas essen, oder? Dieses Pastagericht geht ganz schnell und ist nicht zu schwer für den Abend.« Fiona stellte eine Pfanne auf den Herd, um das Gemüse anzubraten.

»Sie kochen regelmäßig?«

»Wenn ich es einrichten kann. Nicht jeder kann sich einen Koch leisten.«

Anna-Maria lächelte schmal. »Verstehen Sie mich nicht falsch, Fiona – ich darf Sie doch so nennen? Ich habe gar nichts gegen eine häusliche Ader. Sie geht mir nur selbst vollkommen ab, wissen Sie. Ich kann gerade mal Kaffee oder Tee kochen. Es war mir immer wichtiger, mich ganz auf meine Karriere und die meines Mannes zu konzentrieren.« Sie setzte sich auf einen der hohen Barstühle am Küchentresen. »Und auf das Wohlergehen meines einzigen Sohnes.«

»Sind Sie deshalb hier?«, fragte Fiona geradeheraus.

»Michael war seit weit mehr als einem Jahr mit Linda Kreuzbacher liiert«, antwortete Anna-Maria. »Das war die mit Abstand längste Beziehung, die er je hatte. Und sie war sehr wünschenswert. Linda ist eine intelligente Frau aus gutem Hause und sehr engagiert in unserer Firma. Wir haben gehofft, dass Michael und sie sich bald verloben. Dann sind Sie auf einmal wie aus dem Nichts wieder aufgetaucht.« Beinahe vorwurfsvoll kam Fiona der Blick vor, der sie nun traf. »Sie können sich vielleicht vorstellen, dass wir sehr überrascht waren, als wir erfuhren, dass Michael die Beziehung zu Linda wegen Ihnen sang- und klanglos beendet hat. Und dass wir nicht sehr erfreut über diesen Umstand sind. Ich habe nichts gegen Sie, Fiona«, sprach sie rasch weiter, um jedem Kommentar zuvorzukommen. »Ich möchte Sie nur warnen. Michael gehört nicht zu den beständigsten Menschen. Ich vermute, dass er, was Linda betrifft, kalte Füße bekommen und sich deshalb mit Ihnen eingelassen hat. Bitte glauben Sie mir, das sähe ihm ähnlich. Es schmerzt mich, das über meinen Sohn sagen zu müssen, aber er ist bekannt für seine Eskapaden. Vermutlich haben Sie auch selbst schon das Eine oder Andere von ihm gehört oder gelesen. Erhoffen Sie sich also nicht zu viel von ihm. Möglicherweise wird er sich bald besinnen und wieder zu Linda zurückkehren.«

Was redest du denn da? So ein Unsinn, mein Michael geht nicht mehr zu der doofen Linda zurück. Er ist jetzt mit Fiona zusammen. Die mag ich viel lieber, und sie riecht auch viel besser. Und sie ist immer nett zu mir. Na ja, wenn sie nicht gerade schimpft. Aber ich glaube, das bin ich dann selbst schuld.

»Bist du jetzt fertig mit deiner Ansprache?«, kam von der Tür her Michaels amüsierte Stimme.

Keks sauste mit einem Freudenjaulen auf ihn zu und sprang an ihm hoch, ließ aber sofort von ihm ab, als er ihr befahl, sich zu setzen.

»Michael.« Anna-Maria erhob sich und trat auf ihn zu. »Schön, dass du dich endlich blicken lässt. Ich war doch sehr erstaunt, als ich nur Fiona hier angetroffen habe. Ich wusste nicht, dass ihr schon zusammenwohnt.«

»Wir wohnen nicht zusammen«, protestierte Fiona.

Michael grinste und signalisierte ihr, sich herauszuhalten. »Mama, wann wäre ich jemals nach zwei Wochen mit einer Frau zusammengezogen? Wenn du dich erinnern möchtest – nicht mal Linda hat hier gewohnt. Obwohl ich bei Fiona durchaus eine Ausnahme machen könnte.« Er trat an den Herd und schnupperte neugierig. »Wenn ich dann jeden Abend so wunderbar bekocht werde.«

»Es ist nur eine simple Gemüsepfanne mit Nudeln«, sagte Fiona verlegen. Die ganze Situation war ihr unangenehm. Mit der offenen Feindseligkeit seitens Frau Sahlers hatte sie nicht gerechnet. Michael schien das aber nicht weiter zu stören.

»Was willst du hier, Mama? Ich bin gerade mehrere Stunden mit dem Zug gefahren. In einem Abteil mit schreienden Kleinkindern und genervten Eltern auf dem Weg zu irgendwelchen Advents- oder Weihnachtsbesuchen. Warum die Leute über die Feiertage nicht einfach zu Hause bleiben können, ist mir ein Rätsel.«

»Ich dachte, du wolltest über Weihnachten in die Karibik fliegen.«

»Das war Lindas Plan, nicht meiner«, korrigierte er.

»Ich habe mir Sorgen gemacht«, sagte Anna-Maria leicht verärgert. »Das wird einer Mutter doch wohl noch erlaubt sein.«

»Natürlich. Aber ich erlaube dir nicht, Fiona mit deiner gekränkten Eitelkeit auf den Geist zu gehen.«

»Wie bitte?« Empört wölbten sich die Augenbrauen seiner Mutter.

Michael nickte. »Du hast mich schon verstanden, Mama.«

»Ich möchte lediglich, dass du dir gut überlegst, was du tust, Junge. Eine gute, stabile Beziehung zu einer Frau wie Linda wirft man nicht einfach weg. Ich dachte, du wärest endlich erwachsen geworden und hättest das eingesehen. Noch kannst du die Sache ins Reine bringen, ich bitte dich!«

Michaels Miene verfinsterte sich. »Ich wünsche dir noch einen schönen Abend, Mama.«

Anna-Maria schüttelte beleidigt den Kopf und verließ das Haus ohne ein weiteres Wort.

»Es tut mir leid.« Fiona rührte verlegen in der Gemüsepfanne herum.

»Was denn?« Michael trat zu ihr. »Mir muss es leidtun, dass dir dieser Auftritt meiner Mutter nicht erspart geblieben ist.« Er küsste sie auf die Wange. »Eigentlich ist sie ein ganz verträglicher Mensch, wenn sie nicht gerade eine ihrer Glucken-Phasen hat.«

»Im Grunde hat sie nicht ganz unrecht«, befand Fiona. »Man wirft eine Beziehung nicht einfach so weg, nur weil ...«

»Nur weil was?« Verärgert ließ er sie los. »Du wirst dich doch wohl von meiner Mutter nicht ins Bockshorn jagen lassen?«

»So würde ich es nun nicht gerade nennen.« Rasch goss Fiona das Nudelwasser ab und stellte den Herd aus. »Wenn du jetzt etwas essen möchtest ...«

»Nein, möchte ich nicht.« Michael trat wieder zu ihr und zog sie mit einem Ruck in seine Arme. »Ich will dir erst etwas zeigen.«

»Aber die Nudeln werden schnell kalt!«

»Nur einen Moment. Komm mit!« Er zog Fiona trotz ihres Protests mit sich in den Flur, wo er eine Aktentasche abgestellt hatte. Daraus zog er nun einen Hefter hervor und hielt ihn Fiona unter die Nase. »Hier sind die ersten Testergebnisse zu deinen Hundekeksen. Ich habe sie eben noch aus der Firma geholt, deshalb ist es etwas später geworden. Für einige Zutaten müssen wir noch nach Zulieferern suchen, die unseren Qualitätsansprüchen gerecht werden, aber insgesamt sieht es sehr gut aus. Das Labor gibt grünes Licht für eine Testcharge.« Während er sprach, blätterte er durch den Hefter und wies hier und da auf einige Diagramme und Testergebnisse.

»Das ging aber schnell«, befand Fiona etwas nervös.

»Ja, weil ich der Sache höchste Priorität gegeben habe«, antwortete er.

»Und was geschieht nun?«

»Es folgen noch weitere Tests, aber das ist mehr eine Formsache. Wir setzen in der Zwischenzeit einen Vertrag auf«, erklärte er. »Zunächst mal über die Testcharge, aber mit der Option auf eine dauerhafte Verwertung des Rezepts bei Marktakzeptanz. Ich habe einen entsprechenden Entwurf bereits vorhin in Auftrag gegeben. Leider muss ich morgen noch mal für zwei oder drei Tage nach München zu einer Tagung, aber ich veranlasse, dass dir der Vertragsentwurf trotzdem schon mal zugeschickt wird. Über die finanziellen Details können wir dann später noch reden.«

»Finanzielle Details?« Fragend blickte sie ihn an.

Michael lächelte. »Ja, sicher. Für die Lizenz an deinem Rezept werden wir dir eine Voraussumme bezahlen und zusätzlich eine Gewinnbeteiligung vereinbaren.« Als er ihr die Summe nannte, die ihm vorschwebte, rang Fiona nach Atem. »O Gott, so viel Geld?« Sie spürte, wie ihre Wangen sich röteten. »Das kann ich gar nicht glauben. Damit könnte ich … könnte ich …«

Er grinste. »Was denn? Die Pariser Kaufhäuser plündern?«

Fiona lachte. »Nein, so ein Quatsch! Ich könnte mir endlich ein besseres Röntgengerät für die Praxis kaufen. Ich habe ein sehr altes gebraucht ergattert, aber es entspricht nicht mehr dem neuesten Stand und hat auch schon ein paar Macken.«

»Tja, wenn dich das glücklich macht.« Michael zog sie in seine Arme.

Fiona nickte. »Und wie! Ich glaube, ich träume.« Sie stellte sich auf die Zehenspitzen und küsste ihn auf die Lippen.

Diese Gelegenheit ließ er sich nicht entgehen und erwiderte den Kuss mit mehr Leidenschaft, als er eigentlich vorgehabt hatte. Ihre Überraschung und die für sie typische, eher verhaltene Freude ließen sein Herz schneller klopfen. Auch wenn Fiona nicht gleich in Jubelstürme ausbrach, konnte er doch in ihren Augen die Begeisterung über die gute Nachricht erkennen. Und wie typisch war es für sie, nicht erst an sich selbst, sondern an ihre Praxis zu denken.

Selbst von einer inneren Freude erfasst, vertiefte er den Kuss ein wenig und spürte, wie sie bereitwillig darauf reagierte. Sein Blut geriet umgehend in Wallung, sein Herzschlag verstärkte sich noch einmal. Verlangend ließ er seine Hände über ihren Rücken bis hinab zu ihren Hüften gleiten.

Etwas außer Atem lösten sie kurz darauf ihre Lippen voneinander.

»Das Essen wird kalt«, sagte Fiona tonlos.

Er blickte in ihre tiefbraunen Augen und wusste, dass essen jetzt das Letzte war, was er wollte. »Lass es uns später aufwärmen«, raunte er und küsste sie erneut. Er spürte ihr kurzes Zögern, doch dann wurde auch sie auf der plötzlichen Welle aus Leidenschaft davongetragen.

Als Michael kurz vor Mitternacht in seinen Bademantel gehüllt noch einmal mit Keks hinausging, standen die Töpfe noch unverändert auf dem Herd, und daran, so überlegte er mit einem zufriedenen Lächeln, würde sich auch bis zum kommenden Morgen nichts mehr ändern …

16.
Kapitel

»Santa Claus, bist du hier?« Elfe-Sieben kam ganz außer Atem in die Schlittenwerkstatt gerannt. Als sie den Weihnachtsmann zusammen mit Elf-Dreizehn einträchtig über die Lenkachse des Schlittens gebeugt sah, ging sie zu ihm und zupfte ihn aufgeregt am Ärmel. »Schnell, du musst mitkommen. Etwas ganz Schlimmes passiert gleich!«

»Du liebe Zeit, Elfe-Sieben, was ist denn los?« Santa Claus richtete sich erschrocken auf. Das Gesicht der kleinen Elfe verriet, wie sehr sie außer sich war.

»Komm mit ins Büro! Ich habe eben wie jeden Morgen auf die Videobildschirme geschaut, um zu überprüfen, ob die Wunscherfüllungen alle planmäßig verlaufen. Und da habe ich es gesehen. Eine Katastrophe!«

»Immer mit der Ruhe!«, unterbrach der Weihnachtsmann sie. »Was für eine Katastrophe?«

»Bei Michael und Fiona. Komm bitte, das musst du dir selbst ansehen. Ich glaube, da geht gerade alles schief, was nur schiefgehen kann.«

»Michael und Fiona?«, wunderte Santa Claus sich. »Aber bei den beiden war doch bis gestern noch alles in bester Ordnung.«

»Jetzt aber nicht mehr. Komm, bitte, schnell!«, drängte Elfe-Sieben verzweifelt und zog etwas fester an seinem Ärmel.

»Schon gut, schon gut. Ich komme ja schon mit.« Der Weihnachtsmann wandte sich kurz an den anderen Elf. »Die neue Achse sieht gut aus«, sagte er. »Da hast du gute Arbeit geleistet. Ich komme später noch mal rein, wenn du die Kufen geschliffen hast.« Dann folgte er endlich seiner kleinen, aufgeregten Assistentin in sein Büro.

17.
Kapitel

Nachdenklich lag Michael auf dem Hotelbett, das Kissen unter seinem Nacken fest zusammengerollt, die Beine lang ausgestreckt und an den Knöcheln überkreuzt. Er hatte sich während der Mittagspause hierher zurückgezogen. Tagungen waren anstrengend. Am Nachmittag würde er einen Vortrag halten, doch bis dahin wollte er sich entspannen und wieder einen klaren Kopf bekommen.

Die Worte seiner Mutter gingen ihm nicht aus dem Kopf: »Ich dachte, du seiest endlich erwachsen geworden ...« Das hatte er auch gedacht, und dann war Fiona aufgetaucht. Sie hatte mit ihrer bloßen Anwesenheit seine Welt auf den Kopf gestellt.

Hatte er zu impulsiv gehandelt, als er Linda sang- und klanglos verlassen hatte? Vielleicht, vielleicht auch nicht. Er war nun einmal ein Mann schneller Entschlüsse, und wenn er etwas wollte, dann handelte er. Oft vergaß er dabei, an die Konsequenzen zu denken. Mit dieser Einstellung hatte es sich immer gut leben lassen, doch wenn selbst seine Mutter ihn für einen losen Vogel hielt, war es wohl an der Zeit, sich den Tatsachen zu stellen: Er war ein Idiot.

Glücklicherweise ließ sich dieser Zustand ändern, und das würde er auch tun. Mit einem Ruck setzte er sich auf. Er würde den Rat seiner Mutter beherzigen und endlich erwachsen werden. Damit beginnen würde er gleich jetzt. Länger zu warten, war reine Zeitverschwendung.

Entschlossen griff er nach seinem Handy und wählte eine ihm auf angenehme Weise vertraute Nummer.

O nein, o nein, was will die denn hier? Geh weg, Linda, du hast doch gar kein Haustier. Was hast du dann hier in einer Tierarztpraxis zu suchen? Hau ab, sage ich!

»Keks, sitz! Hör sofort auf, die Frau anzubellen! Was ist denn das für ein Benehmen?«, rief Fiona erschrocken, als die kleine Hündin an Linda Kreuzbacher hochsprang und wie wild bellte und knurrte. Zum Glück hörte sie sofort wieder damit auf, schnaufte beleidigt und verkroch sich hinter dem fast mannshohen, mit blauen und roten Weihnachtskugeln geschmückten Tannenbaum, der den Wartebereich der Praxis zierte. Es war gerade Viertel nach acht. Inge verspätete sich heute wegen eines Zahnarztbesuchs ihrer Tochter, deshalb hatte sich Fiona selbst an die Rezeption gesetzt, um die ersten Patienten des Tages zu empfangen. Mit Michaels blonder, in ein teures Seidenkostüm gekleideter Exfreundin hatte sie allerdings nicht gerechnet.

»Entschuldigen Sie bitte vielmals, Frau Kreuzbacher. Ich weiß nicht, was manchmal mit Keks los ist. Sie reagiert nur auf ganz wenige Menschen so übertrieben.«

»Übertrieben nennen Sie das? Ich möchte behaupten, es ist gefährlich!«, schimpfte Linda und untersuchte ihren Rock und die Strumpfhose auf mögliche Risse oder Pfotenabdrücke. Dann ging sie auf Fiona zu, die sich inzwischen erhoben hatte und hinter der Rezeption hervorgekommen war. »Ich bin hier, um Ihnen das hier zu geben.« Sie reichte Fiona einen Umschlag.

»Was ist das?« Erstaunt nahm sie ihn entgegen und öffnete ihn.

»Der Vertrag über die Test-Charge, bereits von Georg Sahler unterzeichnet. Sie können ihn ebenfalls gleich unterschreiben, wenn Sie möchten.«

Vorsichtig zog Fiona den Vertrag aus dem Umschlag. »Das ist aber eine Überraschung«, befand sie und verspürte ein leichtes Herzklopfen. »Damit hatte ich noch gar nicht gerechnet. Ich muss doch nicht sofort unterschreiben, oder? Ich möchte den Vertrag erst in Ruhe lesen, und möglicherweise habe ich ja auch noch Fragen. Ich würde gerne mit Michael darüber reden.«

»Michael ist in München und sehr beschäftigt«, antwortete Linda kühl, aber freundlich. »Er hat für solche Kleinigkeiten keine Zeit. Der Vertrag ist nach seinen Vorgaben aufgesetzt worden und dürfte in allen Bereichen zu Ihrer Zufriedenheit ausfallen.«

»Zu meiner Zufriedenheit?« Irritiert runzelte Fiona die Stirn. »Wie soll ich das denn verstehen?«

In Lindas Augen trat ein abschätzender und zugleich höhnischer Blick. »Sie haben damit doch erreicht, was Sie wollten, oder etwa nicht? Ihre Hundekuchen werden gewinnbringend vermarktet. Dazu hätten Sie Michael aber nicht gleich zu verführen brauchen, Frau Dr. Maier. So gefühlsduselig, wie er zuweilen gestrickt ist, hätten es ein paar freundliche Erinnerungen an Ihre Sandkastenfreundschaft auch getan.«

»Aber …« Fiona starrte Linda empört an. »Ich habe ihn nicht verführt. Schon gar nicht, um diesen Vertrag zu erhalten! Was halten Sie denn von mir!«

»Tja, dann sind Sie vielleicht doch naiver, als ich dachte«, befand Linda spöttisch. »Sie erhoffen sich doch nicht etwa, dass er demnächst vor Ihnen auf die Knie fällt, oder? Das können Sie vergessen. Wissen Sie, ich kenne ihn schon lange. Er ist ein impulsiver Mensch, lässt sich leider ein bisschen zu oft von seinen Gefühlen leiten – oder sollte ich vielleicht sagen von seinen Hormonen? Wie auch immer, wir waren fast achtzehn Monate ein Paar. In dieser Zeit habe ich mehr als eine flüchtige Affäre miterlebt und geflissentlich ignoriert. Natürlich hat er jedes Mal der Ordnung halber mit mir Schluss gemacht. Eines muss man ihm lassen, ein Betrüger ist er nicht. Aber ich wusste immer, dass er am Ende wieder zu mir zurückkommen würde. Und so war es jedes Mal. Das wird sich auch diesmal nicht ändern, Frau Dr. Maier. Machen Sie sich also bitte keine Hoffnungen.«

»Also, das ist ja wohl …« Fiona fehlten die Worte.

Linda sprach rasch weiter. »Wissen Sie, irgendwie tun mir all die Frauen ja leid, die sich derartige Hoffnungen gemacht haben. Sie ganz besonders, weil er dreist genug war, auch mit Ihnen solche Spielchen zu spielen. Wo Sie doch mal so gute Freunde waren. Ich habe schon mit seinem Vater darüber gesprochen, und er meinte, dass es am besten sei, wenn wir Ihnen eine Entschädigung zukommen lassen, sozusagen als Wiedergutmachung für die Unannehmlichkeiten. Wir hoffen, dass Sie sich nicht zu sehr emotional in die Sache hineingesteigert haben.«

»Wiedergutmachung?« Fiona schüttelte verständnislos den Kopf und kämpfte gleichzeitig gegen den aufsteigenden Ärger an. »Wovon zum Teufel reden Sie denn da?«

»Hier.« Linda nahm ihr den Vertrag aus der Hand und schlug die zweite Seite auf. Mit einem perfekt manikürten Zeigefinger deutete sie auf den Paragraphen, der die Summe enthielt, die die Firma Sahler Fiona zu zahlen bereit war.

Fiona starrte darauf und rang nach Atem. »Das … ist ja …«

»Ich weiß, mehr als großzügig. Wir haben uns erlaubt, die von Michael vorgeschlagene Summe zu verdoppeln.«

Fionas Augen verengten sich zu Schlitzen. »Wollen Sie mich etwa bestechen?«

»Um Himmels willen, nein. So ein hartes Wort!«, rief Linda gespielt entsetzt. »Keinesfalls. Wir sind nur der Meinung, dass diese Summe angemessen hoch ist, um Ihren Kummer, falls die Trennung von Michael einen solchen hervorrufen sollte, so gut wie möglich zu lindern.«

»Das ist ja abscheulich!« Schon wollte Fiona sich angewidert abwenden, doch Linda legte ihr vertraulich eine Hand auf den Arm und hielt sie zurück. »Das ist es ganz und gar nicht. Ich bitte Sie, Frau Dr. Maier, überlegen Sie es sich gut. Ich lasse den Vertrag hier bei Ihnen. Es eilt ja nicht.«

»Weiß Michael, was Sie hier tun?«, fauchte Fiona aufgebracht und entzog der Frau ruckartig ihren Arm.

»Wie gesagt, er ist sehr beschäftigt. Als er mich gestern Mittag anrief, klang er ziemlich erschöpft.«

»Gestern Mittag?«

»Aber ja, er rief während seiner Mittagspause bei mir an. Das tut er oft sogar abends, auch wenn er schon recht müde ist, aber noch jemanden braucht, mit dem er sich über seine Arbeit und deren … spezielle Probleme unterhalten will.« Linda lächelte überfreundlich.

In Fiona stieg heftiger Widerwille gegen diese Frau auf. »Verlassen Sie meine Praxis«, stieß sie zwischen zusammengebissenen Zähnen hervor.

Ja, genau, hau ab! Du redest so gemeine Sachen und machst Fiona unglücklich. Ich spüre geradezu, dass es ihr schlechtgeht. So was kann ich nicht ausstehen.

»Wie Sie wünschen, Frau Dr. Maier. Aber bitte werfen Sie den Vertrag nicht gleich in den Papierkorb«, empfahl Linda mit süffisantem Unterton. »Denken Sie darüber in Ruhe nach.« Damit drehte sie auf dem Absatz um und verließ die Praxis. Dabei machte sie einen großen Bogen um Keks, die inzwischen doch wieder knurrend hinter dem Weihnachtsbaum hervorgekommen war.

Im nächsten Moment ging die Tür erneut, und Inge trat ein. »Guten Morgen, Fiona! Sag mal, war das diese Linda Kreuzbacher, die mir da gerade entgegengekommen ist? «

Fiona starrte noch immer auf den Punkt, wo Linda eben noch gestanden hatte. Nur mit Mühe riss sie sich zusammen. »Ja, das war sie.«

»Was wollte sie denn?«

Kopfschüttelnd nahm Fiona den Vertrag und überflog die ersten Zeilen. »Entschuldige mich für einen Moment, Inge. Ich muss mal telefonieren.«

18.
Kapitel

»Na, so etwas aber auch!«, schimpfte Santa Claus aufgebracht. »Das gibt's doch nicht. Mit so viel Gemeinheit hätte ich nie gerechnet.« Fahrig strich er sich durch seinen weißen Bart. »Was mache ich denn jetzt?«

Seine Frau, die durch die ganze Aufregung ebenfalls aus ihrer Küche angelockt worden war, trat neben ihn und legte ihm eine Hand auf den Arm. Eine Wolke aus Plätzchenduft umgab sie. »Also ich sage es ja nur ungern, Santa, aber ich habe gleich gesagt, dass deine Einmischung problematisch werden könnte«, sagte sie. »Mir war gleich nicht wohl dabei. Man kann nicht erwachsenen Menschen in ihr Leben eingreifen, ohne eine Lawine von Ereignissen auszulösen.«

»Ja, ja, mein Schatz. Aber es sah alles so perfekt aus.« Besorgt ging der Weihnachtsmann im Büro auf und ab. Abrupt blieb er stehen. »Schalte mal Michael auf einen der Bildschirme, Elfe-Sieben! Ich will sehen, ob das, was diese Linda behauptet, tatsächlich stimmt. Denn dann hätte ich mich doch sehr in ihm getäuscht. O je, o je, hoffentlich habe ich kein Unglück über die arme Fiona gebracht.« Er wartete ungeduldig, bis die Verbindung auf dem zweiten Bildschirm stand. Seine Miene hellte sich auf. »Wenigstens wird sie ihn sofort anrufen. Wisst ihr was? Damit müsste sich doch sofort alles aufklären, oder etwa nicht? Und Linda wird als Lügnerin entlarvt.«

»Ja, wenn er es tatsächlich ehrlich mit Fiona meint«, gab Elfe-Sieben zu bedenken. »Aber der Gefühlsradar zeigt gerade ganz negative Schwingungen an.«

19.
Kapitel

Als ihr Wecker am folgenden Morgen um halb sieben klingelte, quälte Fiona sich wie gerädert aus dem Bett. Der vergangene Tag war grässlich anstrengend gewesen. Erst hatte es mehrere kleinere und größere Notfälle in ihrer Praxis gegeben, dann hatte kurz vor Ende der Sprechstunde noch eine Kollegin aus der Tierklinik in der Nachbarstadt angerufen. Dort half Fiona hin und wieder aus, und auch diesmal war sie zu gleich zwei schwierigen Operationen gerufen worden. Sie war erst nach Mitternacht nach Hause zurückgekehrt. Zum Glück hatte sie Keks in dieser Zeit bei den Pflegerinnen der Tierklinik lassen können, die sich gut um die Kleine gekümmert hatten. Allerdings war sie nicht mehr dazu gekommen, Michael anzurufen, und auf ihrem Handy war auch kein Anruf in Abwesenheit verzeichnet. Aber wahrscheinlich war es auch für ihn ein anstrengender Tag gewesen, und soweit sie sich erinnerte, hatte er gestern Abend noch nach Hause fahren wollen.

Das bedeutete, dass sie ihn vielleicht dort erreichen würde, wenn sie gleich anrief. Zu früh war es nicht. Sie wusste inzwischen, dass er an Werktagen schon gegen halb sechs aufstand, damit er vor der Arbeit noch in Ruhe frühstücken und seine Joggingrunde – oder jetzt im Winter sein Workout im Fitnessraum – absolvieren konnte, ohne sich zu hetzen.

Rasch setzte Fiona Kaffee auf und duschte in der Zwischenzeit. Nachdem sie die erste Tasse des dampfenden Gebräus getrunken hatte, fühlte sie sich fit genug, um ihn tatsächlich anzurufen.

Warum sie plötzlich von einer merkwürdigen Aufregung erfasst wurde, konnte sie sich nicht erklären. Sie wählte seine Privatnummer und wartete darauf, dass er abnahm. Dabei schalt sie sich innerlich eine dumme Gans, weil ihre Finger leicht zitterten. Als das Gespräch angenommen wurde, hielt sie unwillkürlich den Atem an und hätte sich dann jedoch beinahe vor Schreck verschluckt.

»Hier bei Sahler, Linda Kreuzbacher am Apparat.«

Fiona schluckte einmal, zweimal. »Frau Kreuzbacher?«

»Hallo? Wer ist denn da? Sind Sie das, Frau Dr. Maier? Das ist aber eine Überraschung.« Linda stieß ein schrilles Lachen aus, das Fiona durch Mark und Bein ging. »So früh am Morgen erwartet man ja noch keinen Anruf, nicht wahr?«

»Was … Warum sind Sie denn in Michaels Haus?«, fragte Fiona verdattert, obgleich sie die Antwort bereits zu kennen fürchtete.

Wieder lachte Linda auf. »Was glauben Sie denn? Wollten Sie Michael sprechen? Das tut mir leid, er steht gerade unter der Dusche. Soll ich ihm etwas ausrichten?«

»N-Nein.« Mit aller Kraft versuchte Fiona, sich ihren Schock nicht anmerken zu lassen. »Nein, schon gut. Ich … melde mich ein andermal.«

»Aber natürlich. Auf Wiederhören, Frau Dr. Maier.«

Mit einem selbstgefälligen Grinsen legte Linda den Telefonhörer weg. Wie gut, dass sie Fionas Anruf hatte abfangen können. Damit war ihr durch einen wunderbaren Zufall der nächste Schritt in ihrem Plan ganz hervorragend erleichtert worden. Beschwingt warf sie den Haustürschlüssel in die Luft und fing ihn wieder auf. Da sie hinter sich Schritte hörte, drehte sie sich lächelnd um.

Als Michael das Zimmer betrat, hellte sich seine Miene schlagartig auf. »Hallo, meine Schöne«, sagte er und lächelte breit.

»Guten Morgen, mein Schatz. So früh schon ein Schmeichler?«

»Ich sage nichts als die Wahrheit!«, antwortete er zwinkernd.

»Das will ich doch stark hoffen!«

»Du kennst mich doch.«

»Das kann man wohl sagen! Kriege ich jetzt vielleicht endlich mal einen Kuss?«

»Nichts lieber als das!« Er trat näher und streckte beide Hände aus. Als er sich vorbeugte, stieg ihm der angenehm vertraute Duft eines teuren Parfüms in die Nase. »Ich habe dich vermisst!«

Fiona saß an ihrem Küchentisch und fühlte sich wie versteinert. Sie konnte noch immer nicht glauben, was sie gerade gehört hatte. Linda hatte die Nacht in Michaels Haus verbracht. In seinem Bett, das war wohl klar. Konnte das wirklich wahr sein? Hatte er sich deshalb gestern nicht mehr gemeldet? War das tatsächlich seine Art, mit Affären umzugehen? War sie das am Ende doch nur gewesen? Eine Affäre?

Ihr Herz verkrampfte sich schmerzhaft. Aus einem plötzlichen Impuls schleuderte sie ihre leere Tasse zu Boden. Mit einem Klirren zerschellte sie in hundert Scherben. Keks, die gerade ihr Frühstück verputzte, sprang mit einem erschreckten Jaulen beiseite und raste aus dem Zimmer.

Hilfe, was war das denn? Warum schmeißt du denn mit Sachen? Himmel, habe ich mich erschreckt. Das ist doch gefährlich!

»O Gott, tut mir leid!«, rief Fiona bestürzt und eilte hinter der verschreckten Hündin her ins Wohnzimmer. Sie fand sie hinter dem kleinen rechteckigen Tischchen mit der goldenen Decke, auf dem sie an Heiligabend ihre Krippe aufbauen wollte. »Komm her, meine Süße. Tut mir leid, ich wollte dich nicht erschrecken.«

Das hast du aber. Und wie! Ich zittere jetzt noch.

»Komm, es ist alles gut. Ich bin nur so … wütend.«

Wütend? Auf mich?

Vorsichtig kam Keks aus ihrem Versteck heraus.

»Aber du kannst ja gar nichts dafür«, sprach Fiona bedrückt weiter.

Na, da bin ich aber froh. Auf wen bist du denn sauer? Vielleicht kann ich ihn für dich verbellen. Komm, ich tröste dich ein bisschen.

Kraftlos ließ Fiona sich zu Boden sinken und spürte heiße Tränen der Scham und der Enttäuschung in ihre Augen steigen. Ihre Kehle schnürte sich zu. Das hatte sie nun davon, dass sie Michael seine süßen Worte geglaubt hatte. Hätte sie doch nur auf ihre Zweifel gehört, anstatt sich Hals über Kopf in ihn zu verlieben.

»Ich bin ja so dämlich!«, stöhnte sie.

Nein, bist du gar nicht. O je, nein, nicht weinen! Das macht mich auch traurig. Komm, sei bitte wieder fröhlich!

Als Fiona die Vorderpfoten der Hündin auf ihrem Oberschenkel spürte und dann eine feuchte Zunge, die ihr eifrig über die Wangen leckte, musste sie gegen ihren Willen lachen. »Schon gut, schon gut. Du hast ja recht. Es geht schon wieder.« Sie atmete tief durch. »Ich ärgere mich nur über meine eigene Dummheit. Es ist schließlich nicht so, als wäre ich nicht gewarnt gewesen.«

Ich weiß zwar nicht, wovon du sprichst, aber ich freue mich, dass du wieder lächelst!

»Dumm nur, dass ich so einen lieben und klugen Schatz wie dich wieder zu ihm zurückbringen muss.«

Was? Wie? Meinst du Michael? Ist er zurück? Das ist doch toll – ich hab ihn schon vermisst!

»Er hat dich gar nicht verdient.« Fiona rieb sich mit dem Handrücken über die Wangen, um die Tränenspuren zu beseitigen. »Hoffentlich behandelt er wenigstens dich besser und serviert dich nicht auch irgendwann ab. Wenn er das tut, kriegt er es mit mir zu tun!«

Warum sollte er mich denn nicht gut behandeln? Und was bedeutet abservieren? Warum redest du so verärgert von Michael? Er ist doch lieb. Fahren wir jetzt nach Hause?

»Komm, ich bringe dich jetzt besser zu ihm.«

Au ja!

»Guten Morgen, Frau Dr. Maier«, grüßte die Empfangsdame der Firma Sahler freundlich, als sie Fiona mit Keks hereinkommen sah. »Sie möchten bestimmt zum Chef, nicht wahr? Einen Moment, ich melde Sie rasch an.«

»Nein, Frau Ruge, vielen Dank«, wehrte Fiona ab. Als sie den überraschten Blick der Frau sah, setzte sie mit einem erzwungenen Lächeln hinzu: »Ich bringe nur Keks zurück. Leider habe ich keine Zeit, mit Mi… mit Herrn Sahler zu sprechen. Aber ich habe hier noch den Vertrag über …«

»Ach, Frau Dr. Maier, guten Morgen!«, rief in diesem Moment Linda und kam mit einem leutseligen Lächeln auf Fiona zu. Sie trug noch ihren Wintermantel, war also offenbar auch gerade erst angekommen.

Als Keks gereizt knurrte, blieb sie stehen. »Kann ich Ihnen vielleicht weiterhelfen?« Ihr Blick fiel auf den großen Umschlag, den Fiona in der Hand hielt, und ihre Miene wurde noch eine Spur freundlicher. »Bringen Sie uns den Vertrag zurück? Das ist nett. Sehen Sie, ich wusste doch, dass wir einen Konsens finden werden.«

Fiona legte den Umschlag auf den Rezeptionstresen und ging in Richtung Tür. »Einen Konsens? Ja, so kann man es auch nennen«, fauchte sie, riss sich dann jedoch zusammen. »Ich wünsche Ihnen und Michael alles Gute, Frau Kreuzbacher.« Sie drückte Linda die Hundeleine in die Hand.

»Oh, vielen Dank. Ihnen ebenso.«

»Sparen Sie sich den Atem.« Fiona griff nach dem Türknauf, drehte sich aber noch einmal um. »Ich gehe davon aus, dass ein persönlicher Kontakt nicht weiter erwünscht ist?«

»Es wäre vielleicht besser, wenn Sie …«

»Gut, dann verzichte ich auch darauf.« Mit einem letzten traurigen Blick in Keks' Richtung verließ Fiona das Firmengebäude.

He, was soll das denn? Warum lässt du mich denn bei der da? Ich will zu Michael oder mit dir mitgehen, Fiona! Komm zurück! Du kannst doch nicht einfach weglaufen. Ich verstehe gar nichts mehr.

Fionas Herz zuckte schmerzhaft, als sie das Bellen und Winseln der kleinen Hündin hörte, aber sie drehte sich nicht noch einmal um.

20.
Kapitel

Michael wählte schon zum zweiten Mal an diesem Morgen Fionas Nummer, doch in der Praxis lief heute eine Bandansage, dass wegen eines Notfalls keine Anrufe angenommen und keine Termine vereinbart werden könnten. Auch auf ihrem Handy meldete sich nur die Rufumleitung, so dass er auch keine Nachricht hinterlassen konnte. Hoffentlich war sie nicht beleidigt, weil er sich so lange nicht gemeldet hatte. Andererseits sah ihr das nicht ähnlich. Wahrscheinlich war sie tatsächlich einfach zu beschäftigt, um ans Telefon zu gehen.

Ein ungutes Gefühl blieb ihm jedoch, das sich noch verstärkte, als Frau Ruge, die Empfangsdame, wenig später mit Keks an der Leine hereinkam.

Die kleine Hündin gebärdete sich wie wild, umtänzelte ihn, sprang an ihm hoch, jaulte und winselte, leckte ihm über die Hände.

»Na, na, was ist denn mit dir los?«, fragte er lachend. »Man könnte meinen, ich sei auf einer sechsmonatigen Nordpolexpedition gewesen.«

Michael, endlich bin ich bei dir. Jetzt ist alles wieder gut. Nein, nicht alles. Fiona ist traurig. Ich weiß nicht, warum, aber du kannst das bestimmt wieder ins Lot bringen, nicht wahr? Hach, wie freue ich mich, dass ich wieder bei dir bin.

»Frau Kreuzbacher bat mich, den Hund zu Ihnen heraufzubringen«, sagte Frau Ruge lächelnd und rückte ihre modische rote Brille zurecht, die farblich zu ihrem Haar passte. »Sie kommt mit Keks irgendwie nicht so gut aus, wie es scheint.«

»Frau Kreuzbacher? Keks war doch bei Fiona, oder etwa nicht?« Irritiert blickte Michael auf.

Frau Ruge nickte. »Ja, natürlich, aber Frau Dr. Maier war vorhin hier und hat den Hund unten abgegeben. Ach ja, und den Vertrag. Den hat Frau Kreuzbacher gleich an sich genommen, um ihn weiterzuleiten.«

»Den Vertrag?« Michael verstand nur Bahnhof. »Was für einen Vertrag?«

»Das weiß ich nicht«, gab die Empfangsdame zu. »Aber Frau Dr. Maier wirkte, na ja, ein wenig aufgebracht.«

»Warum haben Sie mir nicht Bescheid gegeben, dass sie da ist?«, wollte er wissen.

Frau Ruge hob die Schultern. »Weil sie das nicht wollte. Sie schien es eilig zu haben, deshalb ...«

»Schon gut, schon gut. Gehen Sie bitte wieder an Ihren Arbeitsplatz, Frau Ruge. Danke, dass Sie Keks heraufgebracht haben.«

»Gern geschehen. Sie ist so eine Süße!« Ehe sie das Büro verließ, streichelte sie Keks noch einmal kurz über den Kopf.

Kaum war sie fort, griff Michael nach dem Telefon und wählte eine Nummer im Kurzwahlspeicher. »Linda? Kann ich dich kurz sprechen? Ja, sofort.«

Linda hatte gerade ihr Büro neben dem Labor betreten, als Michaels Anruf sie erreichte. Sie legte den Umschlag mit dem Vertrag in den Ablagekorb für die Sekretärin und gab ihr den Auftrag, dessen Inhalt so bald wie möglich hinauf zum Seniorchef zu bringen. Auf dem Weg zu Michaels Arbeitszimmer machte sie noch einen kurzen Halt in der Vertrags- und Abrechnungsabteilung und veranlasste die Zahlung des vereinbarten Geldbetrages an Fiona. Eigentlich war das nicht ihre Aufgabe, aber Georg Sahler hatte ihr weitgehend freie Hand gelassen, deshalb sah sie nicht ein, ihn mit solchen Kleinigkeiten zu behelligen.

Michaels ungutes Gefühl wurde durch seine Ungeduld noch verstärkt. Es dauerte fast eine Viertelstunde, bis Linda endlich bei ihm auftauchte. Sie schien bestens gelaunt zu sein, und das brachte ihn nur noch mehr auf. »Kannst du mir sagen, was hier vorgeht?«, herrschte er sie an, ohne sie zu begrüßen.

Linda hob erstaunt die Augenbrauen. »Was meinst du denn?« Sie warf einen nervösen Blick auf Keks, die von ihrem Kissen aufgesprungen war und sie anknurrte.

Michael folgte ihrem Blick. »Keks, sei ruhig und sitz!«

Na gut, weil du es so willst. Aber ich mag Linda nicht. Sie stinkt nach Parfüm – und sie war gemein zu Fiona. Sie soll wieder gehen.

»Ich spreche von Fiona. Was ist mit ihr?«

Linda tat noch immer unschuldig. »Was soll mit ihr sein? Ach, du meinst, weil sie heute früh da war und den Hund gebracht hat? Das war doch sehr freundlich. Dann musst du dich nicht bemühen. Sie hat übrigens auch den Vertrag unterschrieben zurückgebracht, den du hast aufsetzen lassen.«

»Sie hat den Vertrag schon unterschrieben?«, fragte Michael verblüfft. »Ich habe ihn ihr doch noch gar nicht gegeben – nur einen Vorentwurf.«

»Dein Vater fand, man müsse nicht unnötig Zeit verlieren«, erklärte Linda. »Deshalb hat er sich darum gekümmert.«

»Und weshalb sagt mir das niemand?«

»Du warst doch so beschäftigt mit der Tagung. Wir sind noch nicht dazu gekommen, dir Bescheid zu sagen, das ist alles.«

Michael schüttelte verärgert den Kopf. »Zukünftig will ich über solche Dinge sofort informiert werden, egal, wie beschäftigt ich bin. Warum ist Fiona nicht mit dem Vertrag zu mir gekommen?«

Sie zuckte die Achseln. »Sie schien nicht sehr erpicht

darauf zu sein, dich zu sehen. Nimmt wahrscheinlich lieber das Geld und macht sich eine schöne Zeit. Habe ich ja gleich gesagt.«

»Wie bitte?« Michael fuhr von seinem Stuhl auf.

Keks fiepte erschrocken und versteckte sich hinter dem beleuchteten Plastikweihnachtsmann in der Zimmerecke.

»Was soll das heißen?«

Mit einem süffisanten Lächeln trat Linda näher. »Schätzchen, ich habe doch gleich gesagt, sie ist mehr an deinem Geld interessiert als an dir. Hätte mich auch sehr gewundert, wenn es anders gewesen wäre, so plötzlich, wie sie auf der Bildfläche erschienen ist. Sei froh, dass du sie los bist.« Sie lachte leise.

Wütend ballte Michael die Hände zu Fäusten. »Was hast du getan, Linda?«

Sie ließ sich von seinem zornigen Tonfall nicht irritieren. »Ich habe deinem Vater von meinen Bedenken bezüglich ihrer Absichten erzählt, und er hat das getan, was man in einer solchen Situation eben tut: Man stellt die betreffende Person auf die Probe.«

»Das ist nicht wahr!«

»Er hat den von dir veranschlagten Geldbetrag verdoppelt, und schwups – sie hat zugegriffen. Mit beiden Händen. Es hat gerade mal vierundzwanzig Stunden gedauert, bis der Vertrag unterschrieben wieder hier war.«

»Ich glaube das nicht.« Kraftlos ließ sich Michael in seinen Stuhl zurücksinken.

»Glaub es ruhig. Das Geld ist bereits angewiesen.« Wieder lächelte Linda, trat neben ihn und legte ihm eine Hand auf die Schulter. »Es tut mir leid, Schatz. Du hättest gleich auf mich hören sollen, aber lassen wir das. Wichtig ist doch nur, dass du früh genug gemerkt hast, was sie wirklich vorhatte. Wenn du möchtest, kann ich …«

»Lass das!« Ungehalten schüttelte er ihre Hand ab. »Du glaubst doch nicht, dass ich das so einfach schlucke?«

Lindas Miene blieb gleichbleibend freundlich. »Wir haben es schwarz auf weiß, Michael. Da gibt es nichts zu deuteln. Und sie hat darauf bestanden, dass du keinerlei persönlichen Kontakt mehr zu ihr aufnimmst. Das hat sie mir ins Gesicht gesagt. Frau Ruge wird es bezeugen können. Also beruhige dich und nimm es, wie es ist.«

Nimm es, wie es ist? Du blöde Schnepfe lügst ja wie gedruckt! Nie im Leben hat Fiona irgendwas Gemeines gemacht. Ich weiß zwar nicht, was ein Vertrag ist, aber ich rieche doch, dass du was im Schilde führst. Du warst heute Morgen schon am Telefon. Ich erkenne deine Stimme jetzt genau wieder. Dieses fiese Lachen kann nur von dir stammen. Wegen dir hat Fiona geweint. Na warte, das wirst du mir büßen!

Keks sauste hinter dem Weihnachtsmann hervor, rammte dabei fast eine Bodenvase und schoss mit lautem Gebell auf Linda zu.

Hau ab, hau ab, wir wollen dich hier nicht haben! Raus mit dir, du bringst uns nur Unglück!

Linda schrie leise auf und wich zurück. Dabei stieß sie eine Stehlampe um, die dadurch beinahe auf Keks stürzte.

Die Hündin jaulte erschrocken und rannte zurück hinter die Weihnachtsmannfigur. Dabei riss sie nun doch noch die Vase um, die klirrend zerbrach.

»Halt den Hund fest, Michael! Der ist anscheinend vollkommen durchgedreht und gefährlich. Du solltest ihn einschläfern lassen.«

Was? Wie? Einschläfern? Ich höre wohl nicht richtig! Bist du verrückt geworden? Ich hab doch gar nichts gemacht außer bellen.

Keks winselte und drückte sich ganz platt auf den Boden.

»Ich glaube, du bist es, die durchgedreht ist«, befand Michael gereizt. »Keks ist noch ein Welpe! Sie reagiert manchmal ängstlich auf Leute und verbellt sie.« Er ging in die Hocke. »Keks, komm her zu mir. Du brauchst dich nicht zu fürchten«, lockte er. Dann blickte er zu Linda auf. »Wir sprechen uns noch, aber nicht jetzt. Verlass bitte mein Büro.«

»Wie du meinst. Aber du wirst schon sehen, was du davon hast. Dieser Hund ist bissig, ich schwöre es.«

In deinem Fall könnte ich wirklich bissig werden. Ich wollte dir nur sagen, dass du verschwinden sollst. Deshalb muss man ja nicht gleich mit Lampen nach mir werfen.

Vorsichtig kroch Keks auf Michael zu, der sie noch immer sanft lockte.

Bitte nicht schimpfen wegen der Vase und weil ich gebellt habe. Ich kann Linda einfach nicht ausstehen.

»Na, komm schon zu mir.« Michael setzte sich einfach auf den Boden und zog das zitternde Hundekind auf seinen Schoß. »Was machst du auch für Sachen! Du kannst Linda nicht leiden, was?«

Aber so was von gar nicht!

»So langsam kann ich dich verstehen.« Mit bitterer Miene starrte er vor sich hin.

Jetzt bist du genauso traurig wie Fiona heute Morgen. Was mache ich bloß mit euch? Ich will doch, dass ihr fröhlich seid!

Mit einem halben Lachen wehrte er die Zunge der Hündin ab, die ihm übers Gesicht fahren wollte. »Nicht doch, Kleine. Halt mal still. Ich muss in Ruhe nachdenken. Irgendwas geht hier vor – und es ist nichts Gutes. Warum hat Fiona das Geld angenommen?

Das hat sie doch gar nicht. Jedenfalls glaube ich das nicht. Was ist denn überhaupt Geld? Ach, egal, es muss ja was Wichtiges sein, wenn es dir solchen Verdruss bereitet. Ruf sie doch bitte an – oder noch besser: Lass uns zu ihr fahren, ja?

»Tut mir leid, Herr Sahler, aber Fiona ist nicht da«, sagte Inge, die gerade dabei war, die Tür zur Praxis abzuschließen. »Sie haben Glück, dass Sie mich noch angetroffen haben. Ich bin nur noch hier, weil ich noch ein bisschen Papierkram erledigt habe. Morgen und am Wochenende ist die Praxis nämlich geschlossen, weil Fiona ihre Eltern besucht. Die sind über Weihnachten in Urlaub, deshalb feiern sie wohl dieses Jahr schon zum vierten Advent.«

»Verd…« Michael riss sich zusammen. »Entschuldigen Sie, Inge. Ich darf Sie doch so nennen?«

»Aber ja, natürlich!« Sie beugte sich zu Keks hinunter, die eifrig auf und ab hüpfte. »Na, du süßer Schatz! Hier, ich habe noch einen von Fionas leckeren Hundekuchen. Die magst du, nicht wahr?«

Hmm, lecker. Immer her damit! Hast du noch mehr davon?

»Kennen Sie zufällig die Adresse von Fionas Eltern?«, fragte Michael hoffnungsvoll.

Inge richtete sich wieder auf und schüttelte bedauernd den Kopf. »Leider nicht. Es muss aber ein weiter Weg sein, weil Fiona erwähnte, sie wäre bestimmt fünf Stunden mit dem Wagen unterwegs.« Sie zögerte. »Sie schien über irgendetwas sehr aufgebracht … Es muss mit Ihnen zu tun haben.«

»Mit mir?«

»Ja, denn sonst hätte sie Ihnen doch gesagt, wohin sie fährt – oder dass sie das überhaupt vorhat. Es geht mich ja nichts an, aber … Haben Sie sich gestritten?«

Michael schüttelte den Kopf. »Nein. Aber Sie haben

recht, irgendwas stimmt hier nicht.« Er zögerte. »Darf ich Sie etwas fragen?«

»Immer zu.« Ermunternd nickte Inge.

»Können Sie sich vorstellen, dass Fiona …« Er hielt inne und suchte nach Worten. »Wollte sie dieses Rezept für die Hundekuchen schon lange an meine Firma verkaufen?«

»Ja, sicher.« Inge nickte. »Aber sie hat sich nie getraut.« Sie lachte leise. »Das Mädchen hat einfach zu viele Skrupel, das habe ich ihr oft genug gesagt. Sie hat sich so gefürchtet, dass Sie die Sache in den falschen Hals kriegen könnten …« Fragend runzelte sie die Stirn. »Warum fragen Sie das? Gibt es ein Problem mit dem Vertrag? Seit Frau Kreuzbacher gestern Morgen hier war, schien Fiona so merkwürdig aufgeregt zu sein. Sie hat nicht darüber gesprochen, aber …«

»Fiona hat den Vertrag unterschrieben und meldet sich seither nicht mehr bei mir«, unterbrach Michael sie. »Linda ist der Meinung, Fiona habe nur den hohen Geldbetrag einstreichen wollen, den mein Vater ihr geboten hat.« Er nannte Inge die Summe, woraufhin sie höchst undamenhaft durch die Zähne pfiff. Doch dann schüttelte sie energisch den Kopf.

»Sie nehmen doch nicht wirklich an, dass Fiona sich nur mit Ihnen … ähm, eingelassen hat, um an so viel Geld zu kommen?«

Michael ließ den Kopf hängen. »Ich weiß, ehrlich gesagt, nicht mehr, was ich noch glauben soll. Warum redet sie nicht mehr mit mir?«

»Sie haben sich wirklich nicht gestritten oder so?«

»Nein, eher …« Er räusperte sich. »Eher im Gegenteil.«

»Oh. Aha.« Inge nickte verständnisvoll. »Also feststeht, dass Fiona nicht geldgierig oder berechnend ist. Das sieht ihr gar nicht ähnlich. Es muss also etwas anderes dahinterstecken. Leider kann ich Ihnen so gar nicht weiterhelfen. Am besten warten Sie bis Montag, dann ist sie ja wieder hier.«

»Sind Sie sicher?«

»Aber ja, wir haben von Montag bis einschließlich Heiligabend Sprechstunde.«

»Also gut, vielen Dank. Komm, Keks. Wir gehen wieder nach Hause.«

Wie jetzt, das war's? Wir suchen nicht weiter nach Fiona? Das geht doch nicht! O Mann, ich müsste dringend mal mit den Weihnachtselfen sprechen. Vielleicht können die uns helfen.

21.
Kapitel

Da Michael gezwungen war, das Wochenende abzuwarten, bis Fiona zurück war, versuchte er sich abzulenken, indem er die noch ausstehenden Weihnachtseinkäufe erledigte. In Stimmung dafür war er nicht gerade, vor allem nach der kurzen, aber unerfreulichen telefonischen Auseinandersetzung mit seinem Vater. Georg Sahler war bei Michaels Rückkehr von Fionas Praxis nicht mehr in der Firma gewesen, sondern auf dem Weg zum Flughafen, um mit Anna-Maria das alljährliche Einkaufswochenende in New York zu verbringen. Michael hatte ihn im Auto erwischt und ihm bittere Vorhaltungen gemacht.

Doch Georg Sahler hatte sich auf keinerlei Diskussionen über sein Vorgehen eingelassen. Aus seiner Sicht hatte er im Interesse sowohl der Firma als auch seines Sohnes gehandelt. Anna-Maria bestand schließlich darauf, das Gespräch erst weiterzuführen, wenn sie wieder im Lande waren.

Resignierend hatte Michael nachgegeben, sich den Rest des Tages freigenommen und war mit Keks nach Hause gefahren. Den Samstag verbrachten die beiden in der Stadt. Es gab zwar nur wenige Menschen, die Michael genug bedeuteten, dass er sie beschenken würde, doch für jeden von ihnen wollte er etwas wirklich Passendes finden. Dieses Jahr waren Tessa, Tom und deren Sohn Lukas dazugekommen. Für Fiona hatte er bereits ein ganz besonderes Geschenk, doch würde er es ihr überhaupt noch geben können? Sie schien wütend auf ihn zu sein, und vermutlich war diese Beschreibung noch untertrieben. Wenn sie als Kinder gestritten hatten, war es meist bei einem kurzen, aber lautstarken Strohfeuer geblieben. Hatte Fiona sich geweigert, mit ihm zu sprechen, musste schon etwas Schlimmes vorgefallen sein.

Da sie aber gar keine Auseinandersetzung gehabt hatten, schien Fionas Verhalten andere Gründe zu haben. Michael konnte sich beim besten Willen nicht vorstellen, was geschehen war oder dass sie ihn tatsächlich nur ausgenutzt haben sollte. Inge hatte recht – das sah ihr nicht ähnlich. Nicht im Mindesten. Selbst wenn sie in einem hässlichen Streit auseinandergegangen wären, hätte Fiona vermutlich eher den Vertrag zerrissen, als ihn zu unterschreiben und sein Geld zu nehmen. Dazu war sie viel zu stolz.

Wie er es auch drehte und wendete, Michael kam nicht dahinter, was vorgefallen sein mochte. Um sich aufzuheitern, schlenderte er mit Keks noch einmal über den Weihnachtsmarkt. So kurz vor dem Heiligen Abend war der Platz natürlich besonders bevölkert. Eltern mit Kindern, Jugendliche, Rentner, alle suchten noch nach letzten Geschenken oder waren einfach hier, um sich zu amüsieren und die vorweihnachtliche Stimmung zu genießen. Der Duft von Bratäpfeln, Maronen und frittierten Snacks hing in der Luft, aus versteckten Lautsprechern erklangen allerorten bekannte Weihnachtslieder.

Keks hielt sich dicht an seiner Seite – wahrscheinlich waren ihr die vielen Menschen suspekt. Aber sie schnüffelte begeistert am Boden herum und unter den überall auf dem Markt verteilten, bunt geschmückten Tannenbäumen. An dem Imbiss-Stand, an dem er auch schon mit Fiona gegessen hatte, bestellte Michael sich eine Portion Reibekuchen, die er an einem der Stehtische zu sich nahm. Die Hundeleine hatte er am Gürtel seines Mantels befestigt, damit er beide Hände zum Essen frei hatte. Keks legte sich ihm zu Füßen und betrachtete aufmerksam die Umgebung.

Lustig ist es hier. So viele Menschen auf einem Fleck, und alle sind so gutgelaunt! Nur Michael nicht. Der ist noch immer irgendwie traurig. Ist ja auch kein Wunder. Das letzte Mal waren wir mit Fiona hier, und das war viel schöner. Ich wünschte, sie wäre bei uns.

»Pst!«

Was, wie?

»Pst, hier!«

Wer ist denn da? Ach, da sind ja die Weihnachtselfen. Hallo, schön, dass ihr mich besucht!

»Hallo, Keks. Geht es dir gut?«, fragte Elf-Zwei, der zusammen mit Elfe-Acht hinter dem Mülleimer des Imbiss-Standes gelandet war.

Keks stand auf, tapste wie zufällig dorthin und setzte sich so, dass niemand die beiden kleinen Elfen sehen konnte. Michael war so mit seinem Essen und Nachdenken beschäftigt, dass er ebenfalls nicht darauf achtete.

Ja, mir geht es hervorragend, aber meinem neuen Herrchen nicht. Michael ist traurig.

»Das wissen wir«, antwortete Elfe-Acht mit Besorgnis in der Stimme. »Wir und der Weihnachtsmann haben euch in den letzten Tagen genau beobachtet und festgestellt, dass irgendwie alles schiefgegangen ist. Wir wollten doch Michael eine Freude machen, indem wir seinen alten Wunsch erfüllten. Aber nun scheint alles außer Kontrolle zu geraten.«

Dafür kann ich aber nichts. Ich habe mich bemüht, alles richtig zu machen und die beiden einander näherzubringen. Hat ja auch geklappt. Sie mögen einander wirklich sehr. So was spürt man als Hund sofort. Aber jetzt ist Fiona einfach weg, und wir wissen nicht warum. Sie war traurig und wütend, und dann hat sie mich einfach bei der blöden Linda gelassen und ist gegangen.

Elf-Zwei nickte. »Sie ist ziemlich verletzt, weil sie glaubt, dass Michael sie hintergangen hat.«

Hintergangen? Was ist das?

»Sie glaubt, dass er wieder mit Linda zusammen ist.«

Aber das stimmt doch gar nicht. Oder etwa doch? Das wäre ja grässlich!

»Nein, er scheint nicht mit ihr zusammen zu sein«, beruhigte Elf-Zwei die Hündin. »Obwohl er sich in den letzten drei Tagen ein bisschen merkwürdig verhalten hat. Wir können uns keinen Reim darauf machen, weil wir nicht alles mitbekommen haben. Die Weihnachtsvorbereitungen laufen auf Hochtouren, und wir müssen uns um so viele Wünsche kümmern, dass wir nicht ständig hinschauen können, was er gerade tut.«

Dann steckt bestimmt Linda dahinter, oder?

»Vermutlich ja«, bestätigte Elfe-Acht. »Aber es wird nicht einfach sein, das Missverständnis aufzuklären. Dazu brauchen wir deine Hilfe.«

»Nein, Süße, du musst diesmal im Auto bleiben«, sagte Michael am Montagmorgen, als er vor Fionas Praxis anhielt. »Ich möchte ganz in Ruhe mit ihr reden. Wenn die Sache geklärt ist, darfst du auch zu ihr. Ich möchte nur nicht, dass wir abgelenkt werden.«

Das ist aber blöd! Ich will dabei sein. Wenn ich da bin, ist Fiona bestimmt gleich viel besser gelaunt. Na gut, wenn du meinst. Aber ich möchte wirklich gerne zu ihr.

Mit einem bedauernden Blick zurück ging Michael zum Eingang der Praxis. Erst hatte er Keks mit hineinnehmen wollen, sich dann jedoch dagegen entschieden. Es sollte nicht so aussehen, als schöbe er den Hund vor, um mit Fiona zu sprechen. Außerdem wusste er nicht, in welcher Stimmung er sie antreffen würde. Keks war eine besonders sensible Hündin. Wenn es zum Streit kam, würde sie das vielleicht erschrecken.

Als Inge ihn eintreten sah, lächelte sie ihm erfreut zu

und deutete auf die Tür zu Fionas kleinem Büro. »Guten Morgen, Herr Sahler. Gehen Sie ruhig zu ihr rein. Sie muss zwar gleich zu einem Auswärtstermin, aber ein bisschen Zeit ist noch.«

Er nickte ihr zu und klopfte kurz an die Bürotür.

»Ja, bitte?«

Sein Herz machte einen kleinen Satz, als er sie an ihrem winzigen Schreibtisch sitzen sah. Ihre Augen weiteten sich vor Überraschung, als sie ihn erkannte.

Schnell schloss er die Tür hinter sich und ging auf sie zu. »Fiona, ich möchte …«

»Dafür habe ich keine Zeit«, sagte sie mit angestrengter Stimme. Ihre Wangen hatten sich leicht gerötet. »Hatte ich nicht gesagt, ich verzichte auf jede weitere persönliche Kontaktaufnahme?«

Er blieb stehen. »Ja, Linda sagte es mir. Aber warum nur? Was ist denn geschehen?«

Sie lachte bitter auf. »Das fragst du noch? Kannst du wirklich so kaltschnäuzig sein? Geh jetzt bitte. Ich habe dir nichts mehr zu sagen.«

»Hör zu, Fiona, ich weiß wirklich nicht, was auf einmal mit dir los ist. Was habe ich so Schlimmes verbrochen? Wenn es wegen des Vertrags ist – ich wusste nicht, dass mein Vater ihn dir schicken oder die Summe verdoppeln würde. Aber ich verstehe auch nicht, warum du …«

»Du glaubst doch wohl nicht, dass ich dir das abnehme?«, unterbrach Fiona ihn wütend. »Nach allem, was geschehen ist, denke ich, dass du das alles von Anfang an vorhattest. Und ich dummes Huhn falle auch noch darauf herein. Ich hoffe, du hattest deinen Spaß, Michael Sahler. Aber du brauchst ganz sicher nicht auf eine Wiederholung zu hoffen. Dafür bin ich mir nämlich zu schade. Und das Geld, mit dem ihr mich abspeisen wolltet, kannst du dir sonst wohin schieben.« Sie ging an ihm vorbei, riss ihren Mantel vom Haken, schnappte sich ihren schwarzen Arztkoffer und verließ das Büro. »Inge, ich fahre jetzt. Der Termin draußen auf dem Bauernhof ist schon in einer halben Stunde.« Sie drehte sich noch einmal zu Michael um. »Wenn du jetzt bitte gehen würdest. Meine Arbeit ruft. Ich wünsche dir und Linda ein schönes Leben.« Damit rauschte sie hinaus. Ehe Michael reagieren konnte, sah er sie bereits in ihren Wagen einsteigen und davonbrausen.

Ratlos blickte er Inge an. »Und jetzt?«

Die Sprechstundenhilfe sah ihn betroffen an. »Sie ist ja wirklich sauer auf Sie. Was haben Sie denn nur getan?«

»Ich habe gar nichts …« Michael stockte. Etwas an Fionas Worten machte ihn stutzig. »Was auch immer es sein mag – ich werde es herausfinden«, sagte er grimmig. »Auf Wiedersehen, Inge.«

»Auf Wiedersehen, Herr Sahler. Viel Glück!«

22.
Kapitel

»Vater, ich muss mit dir reden.« Michael betrat das Büro des Seniorchefs, ohne anzuklopfen.

Georg Sahler saß an seinem Schreibtisch, neben ihm stand Anna-Maria; beide waren offenbar mit einem Schriftstück beschäftigt und blickten gleichzeitig davon auf.

»Das trifft sich gut«, antwortete Georg mit deutlichem Unmut in der Stimme. »Kannst du mir erklären, weshalb wir einen Haufen Geld an Fiona Maier gezahlt haben, obwohl der Vertrag nichtig ist? Verschenken wir die Banknoten jetzt schon?«

Michael, der gerade zu einer Frage angesetzt hatte, stockte. »Wie bitte? Was meinst du?«

Seine Mutter deutete verärgert auf das Schriftstück; offenbar handelte es sich um Fionas Vertrag. »Warum hast du das Geld anweisen lassen, obwohl sie den Vertrag gar nicht unterzeichnet hat? Als dein Vater heute früh hier eintraf, lag der Vertrag in seiner Ablage. Er wollte ihn gleich abheften, dabei fiel ihm auf, dass er gar nicht unterschrieben war.«

»Fiona hat ihn ohne Unterschrift zurückgegeben?« Michael musste diese Information erst verarbeiten, doch in seinem Herzen machte sich ein Gefühl der Erleichterung breit.

»Das habe ich doch gerade gesagt«, antwortete Anna-Maria ungeduldig. »Und dennoch hast du ihr das Geld überwiesen. Was soll das? Finanzierst du jetzt deine Liebschaften schon auf Firmenkosten?«

»Ich habe gar nichts überwiesen«, verteidigte er sich. »Das muss ein Missver…« Er hielt inne. »O nein, jetzt weiß ich, was hier gespielt wird!« Er trat an den Schreibtisch und nahm den Telefonhörer ab, wählte eine Nummer im Kurzwahlspeicher und wartete mit grimmiger Miene.

»Linda? Komm sofort rauf ins Büro meines Vaters.« Ohne ein weiteres Wort legte er wieder auf.

Georg Sahler blickte ihn fragend an. »Was hat Linda damit zu tun? Hat sie etwa …?«

»Wer soll es sonst gewesen sein?« Zornig funkelte Michael seinen Vater an, der daraufhin seiner Frau einen Blick zuwarf.

»Das wird doch wohl nicht wahr sein«, sagte er wütend. »Sie kam zu mir, weil sie Fiona für eine falsche Schlange hielt, die sich über dich, Michael, einen Vertrag mit uns erschleichen wollte. Ich hatte diesen Gedanken auch, wie du weißt, deshalb habe ich zugestimmt, ihr mehr Geld zu bieten, um zu sehen, ob unser Verdacht der Wahrheit entspricht. Linda war sehr besorgt wegen dir«, setzte er hinzu und erhob sich von seinem Stuhl. »Sie hatte Angst, dass du dich zu sehr in diese Affäre hineinsteigern und dadurch verletzt werden könntest. Wenn Fiona das Geld genommen hätte und verschwunden wäre, so hoffte Linda, würdest du dich besinnen und zu ihr zurückkehren. Ich hielt das für eine gute Idee.«

»Das ist ja wohl die Höhe«, fuhr Michael ihn an. »Meinst du nicht, dass ich alt genug bin, um mein Privatleben selbst zu regeln? Ist dir schon mal in den Sinn gekommen, dass Linda hier diejenige sein könnte, die sich ins gemachte Nest setzen will? Aber jetzt ist sie eindeutig zu weit gegangen.«

»Das fürchte ich auch«, stimmte Anna-Maria zu. »Wenn sie es war, die das Geld hat anweisen lassen, müssen wir uns fragen, was sie wirklich im Sinn hat. Sie ist doch für derartige Vorgänge gar nicht zuständig. Damit hat sie eindeutig ihre Kompetenzen überschritten. Ganz zu schweigen davon, dass sie gar keine rechtliche Grundlage für die Überweisung hatte.«

»Wollten Sie mich sprechen?«, fragte Linda in diesem Moment von der Tür her. Sie trat ein und blickte fragend von einem zum anderen. Als sie Michaels zornige Miene sah und dass es um die Stimmung seiner Eltern nicht eben besser stand, räusperte sie sich verunsichert. »Gibt es ein Problem?«

»Das wüsste ich gerne von Ihnen, Linda«, sagte Georg kühl. »Kann es sein, dass Sie meine Firma benutzen, um private Intrigen zu schmieden?«

»Was? Wie kommen Sie denn darauf?«

»Ganz einfach«, antwortete Anna-Maria an Stelle ihres Mannes. »Sie haben Fiona Maier Geld anweisen lassen – ohne die Befugnis dazu zu besitzen, möchte ich anfügen – und das, obwohl der betreffende Vertrag null und nichtig ist.«

»Wie bitte?« Verdutzt riss Linda die Augen auf. »Warum nichtig? Frau Dr. Maier hat mir den Vertrag vergangene Woche gegeben. Damit war doch alles klar. Und Sie, Herr Sahler, haben gesagt, Sie überlassen alles Weitere mir. Deshalb habe ich Sie nicht weiter damit behelligt, sondern das vereinbarte Geld anweisen lassen.«

»Ja, nur, dass Fiona den Vertrag gar nicht unterschrieben hat«, knurrte Michael. Abwartend sah er sie an.

Linda wurde sichtlich blass. »Sie hat was?«

»Den Vertrag ohne Unterschrift zurückgegeben«, wiederholte Georg und reichte ihr das fragliche Schriftstück.

Linda schlug die letzte Seite auf und wurde noch eine Spur blasser. »Das ist ja … also, das kann doch nicht sein! Dieses kleine Miststück!«

»Also bitte, Linda, beherrschen Sie sich«, grollte Georg. »Der Fehler liegt ganz offensichtlich bei Ihnen. Abgesehen davon dürfte Ihnen doch wohl klar sein, dass ich Ihnen keine Befugnis in Geldangelegenheiten gegeben habe. Sie haben Ihre Kompetenzen überschritten, noch dazu, um, wie ich nun glaube, eine lästige Konkurrentin aus dem Weg zu räumen. Das kann und werde ich nicht dulden.«

»Aber, ich habe doch nur … Wie sollte ich denn ahnen, dass der Vertrag nicht unterschrieben war?«

»Indem du ihn dir angesehen hättest«, sagte Michael ebenso kühl wie sein Vater. »Was hast du zu ihr gesagt? Warum spricht sie nicht mehr mit mir?«

»Ich habe gar nichts …«

»Lüg mich nicht an«, unterbrach er sie zornig. »Du warst die Einzige, die mit ihr gesprochen hat, während ich in München war. Womit hast du sie derart gegen mich aufgebracht? Antworte schon!« Er trat einen Schritt auf sie zu.

Anna-Maria stieß einen erschrockenen Laut aus. Sie ging zu ihm und legte ihm eine Hand auf den Arm. »Michael, beruhige dich!«

»Halt dich da raus, Mama!«, fuhr er sie an. »Mir reicht es jetzt. Hört endlich auf, euch in mein Leben einzumischen. Fiona ist der einzige Mensch, der mir wirklich etwas bedeutet – außerhalb der Familie. Nein, eigentlich war sie meine Familie. Das wisst ihr ganz genau. Und jetzt scheint es, als habe ich sie verloren, weil ihr sie für eine Hochstaplerin gehalten habt, und du«, er warf Linda einen vernichtenden Blick zu, »ihr irgendwelche Lügengeschichten untergejubelt hast.«

»Ach, komm schon, Michael. Du hättest sie doch sowieso über kurz oder lang fallengelassen«, rief Linda mit geröteten Wangen und leicht schwankender Stimme. »Wie oft hast du in den vergangenen anderthalb Jahren mit mir Schluss gemacht, um dich mit irgendeinem Häschen zu vergnügen.«

»Fiona ist nicht irgendein Häschen, merk dir das! Ich liebe sie und lasse nicht zu, dass du sie beleidigst.«

»Du bist es, der mich beleidigt«, keifte Linda. »Liebe, pah, du weißt ja gar nicht, wovon du redest.«

»Ach, und du bist hier die Spezialistin?«

»Zumindest bin ich dir nie fremdgegangen und immer entgegengekommen, wenn du nach einer Affäre wieder angekrochen kamst.«

»Ich kam nicht angekrochen«, widersprach er und warf seiner Mutter einen giftigen Seitenblick zu. »Sondern ich habe es einfach nicht geschafft, mich gegen die Wünsche der Familie durchzusetzen. Aber damit ist jetzt Schluss. Ich hätte unsere Beziehung schon vor langer Zeit beenden sollen, Linda. Es tut mir leid, dass ich es nicht getan habe, aber das gibt dir nicht das Recht, Fiona anzulügen. Was hast du ihr gesagt?«

Linda verschränkte die Arme vor dem Bauch und schwieg.

Ehe Michael wütend auf sie losgehen konnte, hielt seine Mutter ihn erneut am Arm zurück. »Warte mal, kann das sein? Letzten Donnerstag in deinem Haus?«

Michael hielt inne und starrte sie an. »Was war letzten Donnerstag in meinem Haus?« Er runzelte die Stirn. »Da war ich doch noch in München.«

Anna-Maria räusperte sich verhalten. »Ich war dort, um mich wie immer um deine Pflanzen zu kümmern. Linda hatte mich an dem Morgen mit ihrem Wagen mitgenommen, weil meiner in der Werkstatt war, und sie hat sich angeboten, beim Gießen zu helfen.« Sie warf der anderen Frau einen abschätzenden Blick zu. »Außerdem hat sie noch ein paar Sachen aus deinem Schrank mitgenommen, die ihr gehören. Aber jetzt erinnere ich mich auch, dass sie einen Anruf angenommen hat, während ich im oberen Stockwerk war.«

»Einen Anruf?« Michael fixierte Linda.

»Ja, sie sagte, jemand habe sich verwählt«, bestätigte seine Mutter.

»War es so?«, fragte Michael mit vor Wut zitternder Stimme. »Oder war es vielleicht Fiona, die mich sprechen wollte?«

Linda trat einen Schritt zurück. »Ich habe nur getan, was jede Frau in der Situation getan hätte. Das Miststück hat kein Recht, sich zwischen uns zu drängen.«

»Was hast du ihr vorgelogen?«

»Ich habe gar nichts gesagt. Das war nicht notwendig. Sie hat sofort begriffen, dass ich dort war, wo sie gerne gewesen wäre«, erklärte Linda.

»Wie abscheulich«, konstatierte Anna-Maria angewidert.

»Tja, Frau Kreuzbacher.« Georg Sahler nahm wieder hinter seinem Schreibtisch Platz und setzte eine geschäftsmäßige Miene auf. »Unter den gegebenen Umständen werden Sie verstehen, dass ich nun ebenfalls tun muss, was jeder Chef tun würde: Ich erwarte bis morgen früh, Ihre Kündigung auf meinem Schreibtisch vorzufinden. Unterschrieben«, setzte er grimmig hinzu.

23.
Kapitel

Mit auf dem Rücken verschränkten Händen ging Santa Claus in seinem Arbeitszimmer auf und ab. Ein ums andere Mal warf er einen Blick auf die Videowand und wurde dabei immer nervöser.

»Santa, der Schlitten ist fertig, und die Rentiere sind angespannt«, verkündete Elf-Dreizehn, der soeben in der Tür erschienen war. »Du solltest dich allmählich auf den Weg machen. In einigen Ländern beginnt der Heilige Abend schon ganz bald.«

»Ich weiß, ich weiß.« Der Weihnachtsmann nickte betrübt. »Aber ich kann doch nicht hier weg, bevor die Sache mit Fiona und Michael nicht geklärt ist. Immerhin bin ich verantwortlich für das Chaos, das sie gerade erleben. Ich muss wenigstens noch abwarten, was die beiden Kundschafterelfen zu berichten haben. Ich habe sie vorhin noch mal auf die Erde geschickt, um mit Keks zu reden. Vielleicht fällt uns ja noch etwas ein, wie wir das Weihnachtsfest für diese Menschen retten können. Ich bin mit meinem Latein am Ende. Dass Fiona jetzt aber auch so stur sein muss!«

»Ach, weißt du, Santa, ich kann sie irgendwie verstehen«, gab Elf-Dreizehn zu bedenken. »Schau, sie war von Anfang an skeptisch, was Michael angeht. Und jetzt muss sie doch glauben, dass er sie hintergangen hat und zu Linda zurückgekehrt ist. Wenn sie sich weigert, mit ihm zu reden, dann doch nur, um sich selbst zu schützen.«

»Das ist ja alles richtig«, brummelte der Weihnachtsmann. »Aber anders wäre es wesentlich einfacher.«

»Santa? Santa, gut, dass du noch da bist«, rief Elfe-Acht und streckte den Kopf zur Tür herein. »Ich dachte schon, du wärst vielleicht schon unterwegs.«

»Gibt es etwas Neues bei Michael und Fiona?«, wollte der Weihnachtsmann sofort gespannt wissen.

»Nein, leider noch nicht«, gab Elfe-Acht zu. »Aber das könnte sich bald ändern. Wir haben mit Keks einen Plan geschmiedet. Wenn der funktioniert, ist das Weihnachtsfest gerettet.«

»Was für einen Plan?«, fragte Santa Claus aufgeregt.

Die Elfe schaute auf die Uhr. »Weißt du was? Das erzähle ich dir auf dem Weg. Du musst nämlich jetzt unbedingt losfahren, sonst schaffst du deine Route nicht pünktlich.«

»Also gut, dann komm mit.« Der Weihnachtsmann warf sich seinen roten Mantel über und eilte hinaus zu seinem Schlitten. Die Rentiere, allen voran Rudolf mit der leuchtend roten Nase, warteten bereits fröhlich und mit scharrenden Hufen auf ihn.

»Bin schon unterwegs«, rief Elfe-Acht. »Können wir übrigens einen ganz kurzen Umweg machen und bei Petrus reinschauen? Er müsste uns dringend mit einer kleinen Wetterkapriole behilflich sein.«

»Bei Petrus?«, fragte Santa Claus erstaunt. »Dann müssen wir uns aber wirklich beeilen.« Er kletterte auf seinen Schlitten und ergriff die Zügel. Die kleine Elfe setzte sich zuoberst auf die Berge von bunt verpackten Geschenken, die sich auf dem Schlitten stapelten.

Der Weihnachtsmann schnalzte. »Auf geht's!«

24. Kapitel

Rastlos lief Michael in seinem Haus auf und ab. Vom Wohnzimmer in die Küche, ins Esszimmer und wieder zurück ins Wohnzimmer. Er hatte schon unzählige Male versucht, Fiona telefonisch zu erreichen, doch sie ging weder an ihr Handy noch an das Telefon in ihrer Wohnung. Dort war er auch schon persönlich gewesen, doch er hatte sie nicht angetroffen. Auch in der Praxis war sie nicht. Am Vormittag hatte sie zu einem Notfall auf einem der Bauernhöfe außerhalb der Stadt fahren müssen, wie Inge ihm bedauernd erklärt hatte, und seit dem Mittag war die Sprechstunde beendet. Wenn er sie nicht bald fand, würde es der schlimmste Heilige Abend werden, den er je erlebt hatte.

Während er mit Keks einen Nachmittagsspaziergang durch den nahegelegenen Wald machte, zerbrach er sich den Kopf, wie er es bewerkstelligen sollte, dass Fiona ihn anhörte. Es musste doch möglich sein, ihr alles zu erklären! Er hatte ganz vergessen, wie ungeheuer stur sie sein konnte, wenn sie erst einmal richtig sauer war. Das war in ihrer Kinderzeit nur sehr selten vorgekommen, aber wenn, dann hatte er tatsächlich Himmel und Hölle in Bewegung setzen müssen, um sie wieder gnädig zu stimmen.

Doch das würde in diesem Fall nicht ausreichen. Erst einmal musste er sie davon überzeugen, dass er nicht der Schuft war, als den Linda ihn hingestellt hatte. Dass er sogar – im Gegenteil – gedachte, in nächster Zukunft sein Leben so grundlegend zu verändern, dass kein Klatschreporter je wieder großes Interesse daran finden würde.

Sie waren gerade eine halbe Stunde gelaufen, als sich der Himmel über ihnen rasch verdunkelte. Wind kam auf und trieb graue Wolken näher. Und dann begann es auch schon zu schneien. Die weißen Flocken segelten dicht an dicht nieder und waren so groß wie Gänsedaunen. In kürzester Zeit war die Welt ringsum von einer weißen Decke eingehüllt.

Michael hatte sich die Kapuze seines Mantels über den Kopf gezogen, fühlte sich aber dennoch bald wie ein personifizierter Schneemann. Da der Schneefall nicht nachlassen wollte, machten er und Keks schließlich kehrt. Die kleine Hündin hopste begeistert im Schnee herum, schnappte nach den riesigen Flocken oder leckte sie vom Boden auf. Michael versuchte, sie davon abzuhalten, weil er gelesen hatte, dass Schnee nicht gut für Hunde war, doch sie ließ sich nicht irritieren. Mit ihrem ausgelassenen Spiel schaffte sie es sogar, ein wenig seine trübe Stimmung und Angespanntheit zu vergessen. Er warf Schnellbälle für sie, hinter denen sie begeistert her hechtete, stieg dann aber auf ein Stöckchen um, das er am Wegesrand fand.

Sie waren beide vollkommen durchnässt, als sie sein Haus erreichten, deshalb rieb Michael Keks mit einem großen Handtuch trocken und stieg dann selbst schnell unter die Dusche, damit er sich nicht erkältete.

Er hatte sich gerade umgezogen, als er aus dem Wohnzimmer ein merkwürdiges Fiepen vernahm. Alarmiert eilte er die Treppe hinab und fand Keks auf ihrem Kissen. Die kleine Hündin lag auf der Seite und atmete ganz flach, stieß immer wieder ein steinerweichendes Winseln aus. Ihre Augen waren geschlossen.

Erschrocken kniete er sich neben sie und tastete sie vorsichtig ab. »Hey, meine Kleine, was ist denn los? Tut dir was weh?«

Als Antwort erhielt er nur ein leises Jaulen.

»Hast du doch zu viel Schnee erwischt? Was mache ich denn jetzt?« Ratlos sah Michael sich im Wohnzimmer um. »Oder ist es was anderes? Himmel, ich kenne mich doch mit Hundekrankheiten nicht aus.« Noch einmal tastete er sie ab, woraufhin Keks die Augen aufschlug und ihn derartig traurig und ängstlich ansah, dass ihm beinahe das

Herz stehenblieb. Wieder fiepte sie leise und atmete noch flacher.

Panik breitete sich in ihm aus. »Hey, mach keinen Unsinn, Keks. Was hast du denn bloß? Das kann doch nicht von dem bisschen Schnee sein, oder? Hast du irgendwo Gift gefressen, ohne dass ich es bemerkt habe?« Rasch stand er wieder auf und holte sein Telefon. Mit fliegenden Fingern wählte er Fionas Nummer. Es klingelte einmal, zweimal, dreimal, dann sprang der Anrufbeantworter an.

»Verflixt!«, schimpfte er und legte auf. Doch dann wählte er sofort noch einmal und wartete ungeduldig darauf, dass die Ansage und dann der Piepton erklangen. »Fiona, bist du zu Hause? Bitte geh ran, wenn du da bist!« Er wartete einen Moment und sprach dann weiter: »Bitte, Fiona, es geht um Keks. Sie scheint krank zu sein. Ich weiß nicht, was mit ihr ist. Sie liegt ganz apathisch da und winselt. Ich war mit ihr spazieren und jetzt …« Er stockte. »Fiona! Bist du wirklich nicht da?« Er wartete noch einen Moment, war gleichzeitig bereits auf dem Weg zu seinem Computer, um die Nummer eines anderen Tierarztes herauszusuchen. Gerade, als er die Verbindung unterbrechen wollte, hörte er ein Klicken in der Leitung.

»Michael? Bring sie zur Praxis. Ich bin in fünf Minuten da.« Mehr sagte Fiona nicht. Ehe er reagieren konnte, hatte sie bereits wieder aufgelegt.

Da es heftig schneite, lief Fiona den Weg zu ihrer Praxis zu Fuß. Sie hoffte, dass Keks nicht wirklich ernsthaft krank war. Doch Michael hatte so aufgeregt, ja fast panisch geklungen, dass sie schon das Schlimmste befürchtete. Vielleicht hatte die Kleine einen vergifteten Köder erwischt. Zwar gab es keine Hinweise darauf, dass jemand solche Köder in der Gegend auslegte, aber man konnte nie wissen.

Sie schloss die Tür zu ihrer Praxis auf und eilte sofort ins Behandlungszimmer, um alles für die Untersuchung vorzubereiten.

Es dauerte nicht allzu lange, bis sie Schritte vernahm. Da sie keinen Motor gehört hatte, vermutete sie, dass Michael ebenfalls zu Fuß unterwegs war. Wenn er in so kurzer Zeit den ganzen Kilometer bis hierher gerannt war, musste es wirklich schlimm um den Hund stehen.

»Fiona?«, rief er und man hörte, wie sehr er außer Atem war.

»Hier hinten«, antwortete sie.

Einen Augenblick später kam er herein. Sein Mantel war schneebedeckt. Er trug die Hündin in eine Decke gewickelt im Arm. »Danke, dass du uns hilfst«, sagte er.

Statt ihm zu antworten, deutete sie auf den ganz niedrig gestellten Behandlungstisch. Er beugte sich darüber und bettete Keks drauf, schälte sie aus der Decke. Die Kleine lag kraftlos da und blinzelte zu ihnen herauf.

»Keine Angst«, sagte Fiona und streichelte ihr sanft über das Fell. »Wir schauen gleich, was dir fehlt.« Sie betätigte einen Knopf, und der Tisch begann langsam hochzufahren.

Was mir fehlt? Gar nichts! Ha, das war doch nur gespielt, damit ich euch zusammenbringe. War die Idee der Elfen. Gut, nicht wahr?

Mit einem unerwarteten Satz und einem fröhlichen Bellen sprang Keks auf und hüpfte vom Tisch. Schwanzwedelnd umkreiste sie Fiona und Michael, die sie beide ungläubig anstarrten.

»Was ist denn jetzt los?«, rief Michael.

»Das möchte ich auch gerne wissen.« Fiona musterte ihn wütend. »Soll das ein Scherz sein? Falls ja, dann würde ich dich am liebsten dafür ohrfeigen. Wie kannst du es wagen, mir einen solchen Schrecken einzujagen! Benutzt du jetzt schon kleine, unschuldige Hunde, um deinen Willen durchzusetzen? Das ist ja … Mir fehlen die Worte!«

»Aber … Fiona, ich habe nicht …« Er fuhr sich verwirrt durch die nassen Haare. »Das war kein Trick. Sie war wirklich sterbenskrank, sonst hätte ich doch nicht … Du hast doch selbst gesehen, wie sie dalag. Himmel, sie ist ein Welpe, glaubst du, ich hätte sie in der kurzen Zeit zu so was dressieren können?«

»Ich weiß nicht, wie du es gemacht hast, aber weißt du was? Ich will es auch gar nicht wissen. Verschwinde von hier und lass mich ein für alle Mal in Ruhe.«

O je. O je. Das hat ja gar nicht gut funktioniert. Bin ich vielleicht zu früh aufgesprungen? Ach ja, ich hätte warten sollen, bis sie sich ausgesprochen haben. Was mache ich denn jetzt? Mir muss ganz schnell etwas einfallen, sonst reden sie wieder nicht miteinander. O ja, ich glaube, ich weiß was!

Mit einem hellen, auffordernden Bellen schoss Keks zur Tür hinaus und ins Wartezimmer.

Fiona sah ihr verdutzt hinterher, dann wurde sie blass. »Hast du die Vordertür geschlossen?«

Michael erstarrte. »Ich glaube nicht.«

Beinahe gleichzeitig setzten sie sich in Bewegung und eilten zum Empfangsbereich. Keks war verschwunden; die Tür stand tatsächlich einen Spalt weit offen.

»Sie ist noch nie weggelaufen«, rief Michael.

»Vielleicht hat sie sich erschreckt, weil wir gestritten haben«, vermutete Fiona. »Los, lauf ihr nach. Ich schließe ab und komme nach. Zu zweit fangen wir sie bestimmt wieder ein. Ich hoffe bloß, sie gerät nicht unter ein Auto.«

Michael rannte los. Sie warf sich ihren Mantel über und folgte ihm nur Augenblicke später. Zum Glück konnte man die Pfotenabdrücke im frischen Schnee gut erkennen, auch wenn es jetzt bereits dunkel wurde. So hatte sie sich ihren Heiligen Abend nicht vorgestellt, schoss es Fiona durch den Kopf. Andererseits hatte sie gar keine Pläne gehabt. Ihre Eltern waren in Florida, deshalb hätte sie wohl ganz allein gefeiert. In Stimmung war sie nicht gerade gewesen.

Keks rannte so schnell sie konnte geradewegs nach Hause zurück. Sie hörte Michael dicht hinter sich, aber gerade so außer Reichweite. Auch Fionas lockende Rufe vernahm sie immer wieder, doch sie verringerte ihr Tempo erst, als sie die Auffahrt erreichte. Sie war selbst ganz außer Atem und setzte sich erst einmal heftig hechelnd vor die Haustür.

Michael blieb keuchend vor ihr stehen. »Was sollte das denn, Keks? Bist du jetzt verrückt geworden?«, fragte er und schüttelte den Schnee aus seinen schwarzen Haaren.

Fiona blieb neben ihm stehen und rang nach Atem. »Liebe Zeit, zum Glück ist sie nur nach Hause gelaufen«, brachte sie heraus. Dann blickte sie Michael skeptisch von der Seite an.

Sogleich hob er abwehrend beide Hände. »Jetzt komm mir nicht damit, ich hätte das ebenfalls geplant! Wenn dem so wäre, müsste ich Keks für einen Wunderhund halten.«

Fiona schüttelte den Kopf. »Schon gut, vergiss es. Ich gehe jetzt nach Hause.« Sie wandte sich ab.

O nein, nicht schon wieder! Bleib hier, Fiona! Ich will nicht noch mal weglaufen müssen. Es ist kalt, und ich will rein und mich auf mein Kissen kuscheln.

»Hey, warte mal!« Michael hielt sie am Arm fest.

Oh, gut. Sie bleibt stehen.

»Lass uns doch bitte miteinander reden, Fiona.«

»Ich habe dir nichts mehr zu sagen.« Sie wich seinem Blick aus und verschränkte die Arme vor dem Körper.

»Aber ich habe dir eine Menge zu sagen«, antwortete er eindringlich. »Komm bitte mit herein. Du musst sowieso aus dem feuchten Mantel heraus. Deine Haare sind auch ganz nass. Wenn du dich nicht aufwärmst, holst du dir den Tod!«

Fiona zögerte, gab dann aber nach. Er hatte recht. Der Schnee hatte ihren Kopf wie eine Mütze bedeckt und sich sogar bis in ihren Kragen verirrt. Sie schauderte leicht. Schweigend folgte sie ihm ins Haus. Er holte ihr ein großes Handtuch und trocknete auch sich selbst und dann Keks sorgfältig ab. Ihren Mantel hängte er auf einen Bügel.

»Ich mache uns am besten einen Tee«, beschloss er und ging in die Küche.

Zögernd folgte Fiona ihm. Als sie die kleine Schüssel mit Gebäck auf der Anrichte sah, trat sie verblüfft näher. Vorsichtig nahm sie eines der Lebkuchenmännchen in die Hand. »Hast du die gemacht?«

Er drehte sich zu ihr um und nickte. Ein Lächeln umspielte seine Lippen. »Ich habe das Rezept in einem deiner alten Briefe gefunden. Wir haben diese Lebkuchen mal mit deiner Mutter zusammen gebacken, erinnerst du dich?«

»Ja, natürlich.« Sie senkte verlegen den Blick.

»Probier mal, sie sind lecker geworden. Dabei habe ich seit damals keine Plätzchen mehr gebacken. Ich habe auch noch ein paar andere Sorten ausprobiert, die sind drüben im Wohnzimmer in Dosen verpackt, damit Keks nicht darangeht.« Seine Miene wurde wieder ernst. »Mit irgendwas musste ich die letzten Tage ja verbringen.«

Fiona sah ihm nicht in die Augen. »Ich dachte, du wärest längst mit Linda auf dem Weg in die Karibik.«

Michael schaltete den Wasserkocher an, dann drehte er sich wieder zu ihr um und umfasste ihre Hände. »Fiona.« Er wartete so lange, bis sie ihn doch ansah. »Du weißt doch, dass die Sache mit Linda beendet ist. Daran hat sich nichts geändert.«

»Und trotzdem hast du mit ihr …«

»Nein«, unterbrach er sie. »Das hat sie dich glauben gemacht. Sie ist ein Biest, das hätte ich nicht von ihr erwartet. Sie war nur zufällig am Donnerstagmorgen hier, weil sie meine Mutter begleitet hat, die sich immer um die Blumen kümmert, wenn ich nicht da bin. Als du anriefst, fand sie, es sei ein guter Schachzug, dir einen Bären aufzubinden.«

»Du meinst, ihr habt gar nicht …«

»Ich war am Donnerstag noch in München.«

»Oh.« Peinlich berührt blickte Fiona auf ihre Hände, die er fest umfasst hielt. Er drückte sie leicht.

»Ja.« Er räusperte sich. »Ich muss mich aber trotzdem bei dir entschuldigen – für diesen Unsinn mit dem Vertrag. Ich weiß nicht, was meinen Vater manchmal reitet. Mag sein, er hat es wirklich nur gut gemeint. Oder vielmehr ist er der Ansicht, es sei vollkommen normal, jemanden auf diese Wiese auf die Probe zu stellen. Obgleich die Idee wohl auch von Linda stammte. Leider hast du ihr einen Strich durch die Rechnung gemacht, weil du den Vertrag nicht unterschrieben hast.« Er grinste. »Dabei fällt mir ein – warst du schon auf der Bank?«

Überrascht hob sie den Kopf wieder. »Nein, warum?«

»Weil du einen hübschen sechsstelligen Betrag auf deinem Konto hast.«

»Wie bitte?«

»Keine Sorge, wir buchen ihn nach den Feiertagen wieder zurück.«

»Warum habt ihr mir Geld überwiesen?«

»Nicht wir, Linda. Ich erkläre dir später, wie sich das zugetragen hat.«

»Warum nicht jetzt?«

Lächelnd zog er sie in seine Arme. »Weil ich jetzt gerne etwas anderes tun würde.«

Atemlos blickte sie zu ihm auf. Seine Augen funkelten und verdunkelten sich gleichzeitig, als sein Gesicht sich ihrem langsam näherte. Ihr Herzschlag nahm Tempo auf.

Als sich ihre Lippen berührten, hatte sie einmal mehr das Gefühl, als schlösse sich ein Stromkreis. Schon wenige Augenblicke später löste er seinen Mund wieder von ihrem. »Das war lange überfällig«, befand er. »Ich habe dich vermisst, Fiona.«

Etwas zittrig atmete sie ein. Ihre Knie fühlten sich wackelig an, deshalb hielt sie sich vorsichtshalber an ihm fest. »Ich bin ganz schön dumm.«

»Nein, bist du nicht.« Er küsste sie kurz. »Linda hatte die Sache nicht ungeschickt eingefädelt. Für kurze Zeit habe auch ich gezweifelt, ob du mir nicht etwas vorgemacht hast.«

»Tatsächlich?«

»Ja, vor allem, weil du so gar nicht mehr mit mir hast reden wollen.«

»Tut mir leid. Ich war so wütend. Vor allem auf mich selbst.«

»So?« Neugierig musterte er sie.

Fiona nickte. »Ja. Und ich bin mir noch immer nicht sicher, ob es gut ist, sich mit einem Schwerenöter wie dir einzulassen. Wer weiß, wie viele Exfreundinnen noch ältere Besitzrechte einklagen werden?«

Seine Miene wurde ernst. »Nicht eine.«

»Woher willst du das wissen?«

»Weil es nur noch eine Frau für mich gibt, und die steht gerade vor mir.«

Er zog sie wieder näher an sich und küsste sie erneut, um sein Versprechen damit zu besiegeln. Sie hätte schwören können, dabei irgendwo in der Ferne ein leises Hohoho zu vernehmen, begleitet vom Klingeln unzähliger Schlittenschellen.

Nachspiel – Erster Weihnachtsfeiertag

»Gehst du mal bitte ans Telefon!«, rief Michael aus dem Schlafzimmer, wo er sich gerade nach seiner Morgendusche anzog.

Fiona, die bereits in der Küche werkelte, um ein schönes Weihnachtsfrühstück zu zaubern und dabei hin und wieder Keks ein Stückchen Speck zusteckte, eilte ins Wohnzimmer und griff nach dem Telefon. »Hier bei Sahler, Fiona Maier am Apparat.«

»Guten Morgen«, antwortete eine fröhliche Frauenstimme. »Und frohe Weihnachten. Wo steckt denn mein Süßer? Kann ich ihn mal sprechen, oder liegt er noch in den Federn?«

Fiona runzelte die Stirn. »Ich, ähm …«

»Wer ist es denn?« Michael tauchte hinter ihr auf, sein Hemd mit einer Hand zuknöpfend, und nahm ihr den Hörer ab. »Sahler hier. Wer stört am Feiertag?« Er lachte. »Hallo, meine Schöne. – Ja, sehr gut, danke. Morgen? Ja, natürlich hole ich dich vom Bahnhof ab. Wie lange kannst du bleiben? – Wunderbar. Ich freue mich schon. Was? – Ähm …« Er räusperte sich sichtlich verlegen und warf Fiona einen nervösen Blick zu. »Nein, habe ich noch nicht. Doch, natürlich, das war sie. Also hör mal! Wir sind doch wohl erwachsen, oder etwa nicht?« Er lachte wieder. »Ja, ja, schon gut. Bis morgen dann. Wünsch mir Glück!«

Als er das Telefon beiseitelegte, warf Fiona ihm einen argwöhnischen Blick zu. »Frühstück ist fertig – Süßer.«

Verdutzt sah er sie an, dann lachte er herzlich. »Eifersüchtig? Ich dachte, damit wären wir durch.« Er küsste sie kurz aber zärtlich auf die Lippen. »Das war meine Großmutter. Sie kommt morgen für ein paar Tage zu Besuch. Du erinnerst dich vielleicht noch an sie? Die Mutter meines Vaters. Sie ist die Einzige in der Familie, mit der ich wirklich gut auskomme. Ein richtiger Schatz.«

»Deine Großmutter nennt dich Süßer?«

»O ja, und sie ist meine Schöne. Sie ist nämlich die mit Abstand schönste Siebenundsiebzigjährige auf diesem Planeten.« Er grinste.

Schmunzelnd schüttelte Fiona den Kopf.

»Sie hat mich übrigens an etwas erinnert«, fuhr er fort. »Etwas, das ich unbedingt noch tun – oder besser gesagt dir geben will.« Er ging zu einer Kommode und öffnete eine der Schubladen. »Deshalb war ich vergangenen Donnerstag bei ihr. Sie wohnt nämlich in München.« Als er sich wieder umdrehte, hielt er ein Kästchen in der Hand.

Fiona atmete heftig ein, als er den Deckel aufschnappen ließ und damit den Blick auf zwei schlichte goldene Ringe freigab. »Was … ist das?«, brachte sie gerade noch heraus.

Er lächelte. »Die Eheringe meiner Großeltern. Großmutter hat ihren abgelegt, als Großvater vor zehn Jahren starb. Damals sagte sie mir, dass ich sie haben könne, wenn ich jemals eine Frau finden würde, mit der ich mein Leben verbringen wollte.«

Fiona gab einen erstickten Laut von sich. »Ich dachte, in deiner Familie haben alle nur Vernunftehen geführt.«

»Ja, das stimmt auch weitgehend. Aber meine Großmutter und mein Großvater führten trotzdem eine sehr glückliche Ehe. Bei ihnen kamen nämlich Vernunft und Liebe zufällig zusammen.«

»Aha.« Fiona versuchte, ihren rasenden Herzschlag unter Kontrolle zu bringen. »Was hast du damit vor?«

»Ist das so schwer zu erraten?« Sein Lächeln ließ ihren Blutdruck noch einmal ansteigen. »Ich habe beschlossen, es ebenfalls mit Vernunft zu versuchen. Und was wäre vernünftiger, als meine geliebte beste Freundin um ihre Hand zu bitten?«

»Aber wir kennen uns doch erst …«

»Seit gut über fünfundzwanzig Jahren«, ergänzte er mit einem Zwinkern. »Ich meine, da wird es langsam Zeit, Nägel mit Köpfen zu machen.«

»Du bist verrückt.«

»Mhm, da könntest du recht haben. Aber etwas anderes bin ich auch – nämlich ganz sicher, dass ich dich nicht noch einmal verlieren will.« Michael hielt inne. »Was sagst du?«

Fiona schluckte und versuchte, ihre sich überschlagenden Gedanken und Gefühle zu ordnen. Als sie in seine erwartungsvoll auf sie gerichteten Augen blickte und darin alles sah, was sie wissen musste, nahm sie ihm das Schmuckkästchen aus der Hand und fuhr vorsichtig mit dem Zeigefinger über die Ringe. Dann hob sie den Blick wieder. »Wehe, wenn ich es auch nur einen Tag lang bereue!«

Michael stieß sichtlich erleichtert die Luft aus. »Das wirst du nicht, das verspreche ich dir.« Er zog sie in seine Arme und verschloss ihre Lippen mit einem festen Kuss.

Na, wie habe ich das hingekriegt? Ja, schon gut, ich gebe ja zu, dass ich es fast vermasselt hätte, gestern in der Praxis. Aber so was kann doch mal passieren. Ich bin ja schließlich noch klein! Aber bald bin ich groß, und dann passe ich erst recht gut auf die beiden auf.

Eigentlich könnte ich jetzt ein paar von den leckeren Hundekeksen vertragen. Wo Fiona die wohl versteckt hat? Ich weiß genau, dass sie gestern noch welche hatte. Vielleicht in ihrer Manteltasche. Ob ich mal gucken gehe, solange die beiden nicht hinschauen? Ein Leckerchen habe ich mir doch nun wirklich verdient, oder? Wer wurde schließlich vom Weihnachtsmann hierher geschickt, um ganz allein zwei Menschen zur Vernunft zu bringen? Genau! Ich bin sozusagen ein himmlischer Weihnachtshund …